# Foul Play – Falsches Spiel

von Bernhard Hagemann

Langenscheidt
München · Wien

Lektorat: Barbara Müller
Muttersprachliche Durchsicht: Charlotte Collins
Zeichnungen: Anette Kannenberg
Umschlaggestaltung:
init GmbH Kommunikationsdesign, Bad Oeynhausen

www.krimis-fuer-kids.de
www.langenscheidt.de


Satz: Franzis print & media GmbH, München
Druck und Bindung: C. H. Beck, Nördlingen

ISBN 978-3-468-20840-9

14013

# Inhalt

# Lagebesprechung

Es ist ein lauer Sommerabend. Eigentlich schon zu spät, um unterwegs zu sein, für jeden von uns, Mehmet, Dennis und mich. Aber unsere Eltern wissen, dass wir bei Tom sind und heute Abend, das ist die große Ausnahme. Denn morgen steigt das große Jugendturnier und jetzt ist die Gelegenheit für eine letzte Besprechung unter uns vieren, die wir das Herzstück der Mannschaft bilden.

Dennis, der Mittelfeldspieler mit der genialen Spielübersicht. Zwar nicht der Kräftigste, aber der Klügste. Außerhalb des Platzes und auf dem Platz, mit einem Ballgefühl im Fußgelenk wie früher einmal Franz Beckenbauer.

Mehmet, der Flügelstürmer. Kein Gramm Fett am Körper, gelenkig wie kein Zweiter. Ist er am Ball, besteht er nur aus Tordrang und Beinen und Tunnelblick. Brandgefährlich im gegnerischen Strafraum.

Tom, der beste Jugendtorwart der Welt. Der größte von uns. Elfmeterkiller, geschmeidig wie eine Katze. Beste Flugeigenschaften, wenn er sich zu einer seiner Paraden in die Lüfte schwingt.

Und dann bin da noch ich, der Innenverteidiger. Auf mich sind leider keine Superlative anzuwenden. Marke zuverlässiger Arbeiter. Zwar furchtlos, verlässlich und kräftig, doch nirgends blitzt bei mir das Besondere auf. Aber ich kann damit leben.

Mit von der Partie ist noch Lisa, Dennis' fußballbegeisterte Zwillingsschwester, die selber in einer Mannschaft spielt. Sie fiebert mit uns mit und lässt es sich nicht entgehen, bei unseren Vorbereitungen dabei zu sein.
Was die Nationalitäten angeht, sind wir ein wild zusammengewürfelter Haufen. Tom ist Engländer, Mehmet Türke und Dennis und Lisa sind Amerikaner. Ich bin der einzige Deutsche. Wir gehen in die gleiche Klasse der Internationalen Schule und unsere gemeinsame Sprache ist Englisch.
"**None of the other** teams looks **unbeatable** to me!", sagt Dennis in ernstem Ton. Er hat es sich auf einer der Liegen auf Toms Terrasse bequem gemacht und hält den Spielplan in den Händen.
"**Exactly**!", meint Tom. "We'**ve beaten them all before**."
"You're the best!", sagt Lisa. "You can beat **anyone**!"



---

**none of the other** keins der anderen
**unbeatable** unschlagbar
**exactly** genau
**(have) beaten** (haben) geschlagen
**them** sie
**all** alle
**before** früher; bevor
**anyone** irgendjemand; *hier:* jeden

"The Red Dragons **could** be difficult", gebe ich zu bedenken. "They **kicked us out** of the **tournament** last year."
"They have Marc!", sagt Mehmet düster und nickt vor sich hin. "**That bastard**. He has **no scruples**."
"But the Red Dragons aren't in our **group**", meint Dennis. "We **won't have to** play **against** them **until** the semi-final. If **both** our teams come first in the group, we won't **meet** them until the final."
Das Fußballturnier findet seit ein paar Jahren immer kurz vor den Sommerferien statt. Da messen sich die Mannschaften acht verschiedener Schulen aus der Umgebung. Gymnasien, Realschulen, Waldorfschule und unsere Internationale Schule.
Die Roten Drachen vom Albert Schweizer Gymnasium und wir, die Weißen Tiger von der Internationalen Schule, gehören immer schon zu den Besten.



---

**could** könnten
**kicked us out** haben uns rausgeschmissen
**tournament** Turnier
**that** *hier:* dieser
**bastard** Scheißkerl
**no scruples** keine Skrupel
**group** Gruppe
**won't have to** werden nicht müssen
**against** gegen
**until** bis
**both** beide
**meet** treffen

Unsere Mannschaften sind quasi alte Rivalen, ganz egal, wer spielt.
"We'll beat them in the final. That'll be our **revenge** for last year", sagt Mehmet siegessicher.
Sein Blick ist auf das Gehege neben der Terrasse gerichtet, in dem Tom seine über alles geliebten Kaninchen hält. Drei Tiere sind es, die dort für ziemliche Unruhe sorgen. Immer wieder verschwinden sie hintereinander in eines der Erdlöcher, um gleich drauf aus einem anderen wieder aufzutauchen.
"Marc loves **to wangle penalties**", sagt Tom.
"**Don't worry** about him", sage ich. "**As long as** you're our **goalie** we don't have to be afraid. You're a **born penalty-killer**." Ich klopfe Tom, der neben mir am Terrassentisch sitzt, aufmunternd auf die Schulter. "You can keep any ball **out** of the goal."
Tom grinst geschmeichelt und schielt dabei zu seinen Kaninchen hinüber.
"**Do you remember** the last tournament? **When**



---

**revenge** Rache
**to wangle penalties** Elfmeter zu schinden
**Don't worry.** Mach dir keine Sorgen.
**as long as** solange
**goalie (goalkeeper)** Torwart
**born** geboren
**penalty-killer** Elfertöter
**out** (r)aus
**Do you remember ...?** Erinnerst du dich an ...?
**when** als

Marc **threw himself** over the **eighteen-yard line**?"
"**You bet**", sagt Mehmet. "And the **referee didn't** stop it. That's why the Red Dragons **won**."
"**If we'd made it** to the final, Tom **would have** stopped the ball", sagt Dennis. "No question."
"Hey, **guys**!" Tom hebt beschwörend die Hände. "You **can't count on** me stopping **every** penalty. We need **a lot of luck**. **I'm only human**."
"We have to **make sure** that we **get through** the **qualifiers**. And that **nothing stupid happens there**", sagt Dennis.

---

**threw himself** sich geworfen hat
**eighteen-yard line** Strafraumgrenze
**You bet.** Und ob.
**referee** Schiedsrichter
**didn't** hat nicht
**won** haben gewonnen
**if we'd made it** wenn wir es geschafft hätten
**would have** hätte
**guys** Leute; Jungs
**can't count on** könnt euch nicht darauf verlassen
**every** jeden
**a lot of luck** viel Glück
**I'm only human.** Ich bin ja auch nur ein Mensch.
**make sure** sichergehen
**get through** durchkommen
**qualifiers** Qualifikationsspiele
**nothing stupid** nichts Dummes
**happens** passiert
**there** dort

"I'm **not worried** about that", sagt Lisa. "And you **just** have to **take care of** this Marc, Lars." Sie richtet ihren eindringlichen Blick auf mich, als wäre sie unsere Trainerin. "Aren't you one of the best **centre-backs**? I'm **sure** you can do it."
"That's **easier said than done**", antworte ich.
"We'll take care of him **together**", sagt Mehmet.
"No, I have an **even better** idea: Lars **will distract** the referee, **while** Dennis and I **tie up** Marc with **invisible ropes**. He won't **be able to** run **any more**, but nobody will know why. And we'll have **plenty of** time to **shoot as many** goals as we like."



**not** nicht
**worried** besorgt
**just** einfach; nur
**take care of** dich um ... kümmern
**centre-back** Innenverteidiger
**sure** sicher
**easier said than done** leichter gesagt, als getan
**together** zusammen
**even better** noch besser
**will distract** wird ablenken
**while** während
**tie up** fesseln
**invisible** unsichtbar
**ropes** Seile
**be able to** können
**(not) any more** (nicht) mehr
**plenty (of)** eine Menge
**shoot** schießen
**as many (as)** so viel (wie)

"Ha ha!" Lisa verdreht bemüht die Augen.
Mehmet ist unser Witzbold, und an der Art seiner Witze kann man ermessen, welchen Strapazen unsere Nerven manchmal ausgesetzt sind.
"That's our Mehmet!" Tom grinst nur.
"It was a joke!", sagt Mehmet.
"Oh, I see", sage ich und schlage mir in einer großen Geste die Hand an die Stirn. "I was **already** thinking about where I could buy invisible rope."
Da kommt Toms Mutter auf die Terrasse. In der Hand hat sie ein Bündel Grünes. Löwenzahn, Karottenstrünke.
"**Here**, Tom. For your rabbits", sagt sie und hält Tom das Grünzeug unter die Nase.
Tom greift danach, geht hinüber zum Gehege und steckt die Blätter zwischen die Maschen des Drahtzauns. Sofort stürzen sich die Tiere darauf und ziehen das Grünzeug ins Innere des Geheges.
"**What's up?**", fragt Toms Mutter. "**Have you come up with** a **battle plan for** tomorrow?"
"**Sure**", antwortet Mehmet. "We'll beat them all."



---

**already** schon
**here** hier
**What's up?** Was gibt's?
**have you come up with** habt ihr euch ausgedacht
**battle plan** Schlachtplan
**for** für
**Sure.** *hier:* Klar.

“Yes, that’s the **only way**!” Tom nickt vor sich hin und schaut dabei seinen mümmelnden Kaninchen zu.



“**If** you believe it, you’ll **succeed**”, betont seine Mutter. “You’re a super team. And you have lots of fans. I **guess** all of your parents will be there too.”
Wir nicken alle.
“**Then** nothing can **go wrong**”, sagt sie und geht wieder ins Haus.
Mehmet, mir gegenüber am Tisch, steht auf, greift nach dem Ball, der neben ihm auf dem Boden liegt, und kickt ihn auf den Rasen.

---

**only way** einzige Weg
**if** wenn
**succeed** Erfolg haben
**guess** vermute
**then** dann; also
**go wrong** schiefgehen

“We’ll win!”, ruft er kampfesmutig.
Ein rollender Ball ist für Dennis und mich immer ein Signal. Im Nu sind wir auf der Wiese und spielen uns das Rund zu. Auch Lisa und Tom kommen dazu. Wie von selbst formen sich zwei Mannschaften: Mehmet und ich gegen die Zwillinge, Tom zwischen den Stämmen zweier junger Birken.
Einmal mehr merke ich, was für eine gute Fußballerin Lisa ist. Ohne Probleme könnte sie den einen oder anderen unserer Mannschaft ersetzen. Nicht gerade Mehmet oder Dennis, aber mit Pete aus dem Mittelfeld oder Christian, unserem Linksaußen, könnte sie es locker aufnehmen. Lisa hat exzellente Stürmerqualitäten. Wieselflink ist sie und unbeirrbar auf ihrem Weg zum Tor. Und sie hat den Überblick. Sogar hier im Garten. Sie bietet sich immer an, steht immer frei und hat einen sicheren Torschuss.
Ein paarmal schon habe ich Lisa in einem Turnier gesehen. Ohne ein Tor hat sie ein Spiel nie beendet.
“**Yeah!** Goal!”, jubelt sie auch jetzt, als sie den Ball hinter Tom zwischen den Birken versenkt.
Eigentlich ist Lisas Schuss für Tom kein ernsthaftes Problem, aber er hat eine zu helle Hose an, um sich in gewohnter Manier auf die Wiese zu legen.
Wir spielen noch zehn Minuten. Die Zwillinge siegen 4:2. Dann gehen wir nach Hause.



---

**yeah** ja

# Souveräne Gruppenspiele

Es ist Samstag früh und Mehmet und ich fahren mit meinen Eltern zum FC-Gelände am Stadtrand. Um zehn Uhr beginnt das erste Gruppenspiel und die Nervosität, die mich vor jedem Turnier plagt, hat mich schon voll erwischt. Unruhig rutsche ich auf meinem Sitz hin und her.

Mein Vater am Steuer bemerkt das und ist um eine lockere Atmosphäre bemüht. Sein Blick geht immer wieder in den Innenspiegel und ich sehe seine lächelnden Augen. Wie immer, wenn einer meiner Freunde von der Internationalen Schule dabei ist, sprechen meine Eltern Englisch.



"Play your best from the very first minute, but stay **calm** and relaxed!", sagt er. "Then you'll be the best. You're **definitely** good **enough** to win the tournament."

"That's easy to say, Mr Petersen", sagt Mehmet in den Innenspiegel. "But **you're right**. **At the moment** we are a very good team. We **should** be able to win."

---

**calm** ruhig
**definitely** ganz bestimmt
**enough** genug
**You're right.** Sie haben recht.
**at the moment** zurzeit
**should** sollten

“Our **worst enemies** are the Red Dragons”, sage ich zum Hinterkopf meines Vaters. “If **we manage** to beat them in the final, **we’ll make it**. We all just have to play **well**.”
“And **anyway**, Tom is the best goalie ever”, wirft meine Mutter vom Beifahrersitz aus ein.
“Right!”, sage ich. “Tom, the penalty-killer.”
Noch fünf Minuten, dann sind wir am Ziel. Mehmet und ich schauen stumm aus den Fenstern und ich träume von einem Siegtor, das ich in der letzten Minute schieße. Aber das wird ein Traum bleiben. Als Verteidiger werde ich kaum Gelegenheit haben, im gegnerischen Strafraum aufzutauchen.
Als wir zum FC-Gelände kommen, herrscht rund um die Sportplätze bereits reges Treiben. Die meisten Parkplätze sind schon belegt, aber mein Vater findet eine Lücke gar nicht weit vom Eingang entfernt, und wenig später folgen wir den Hinweisschildern zu den Umkleidekabinen. Wir kommen an einem Fußballplatz vorbei, auf dem sich schon zwei oder drei Mannschaften warm spielen: Torwarttraining, Kopfball, Eckstöße.



---

**worst** schlimmste
**enemies** Feinde
**we manage** es uns gelingt
**we’ll make it** werden wir es schaffen
**well** gut
**anyway** sowieso; jedenfalls

Vor den Kabinen treffen wir auf Tom und seine Eltern. Lisa samt Eltern sehe ich auch ein paar Schritte entfernt mit anderen Erwachsenen stehen.
"Hi Tom!", grüßen Mehmet und ich.
"Hi!" Tom steckt schon in seinem Trikot und zwinkert uns überlegen zu wie ein Großer.
Während Mehmet und ich in die Kabinen verschwinden, kommt mein Vater mit Toms Eltern ins Gespräch. Bevor ich die Tür hinter mir zufallen lasse, höre ich, wie sie sich über das Turnier und ihre Kinder unterhalten.
"How are you going to celebrate the **victory** with your son?", fragt mein Vater in seiner witzigen Art. "Are you going to drive through town with the **top** down, waving to the fans?"
"You bet!", antwortet Toms Vater und lacht dröhnend. "And **afterwards** we're going to meet the **mayor** so he can **give us the freedom of the city**."
In der Umkleidekabine treffen Mehmet und ich auf Dennis und den Rest der Mannschaft, ein paar fehlen noch. Trotzdem ist unser Sportlehrer Herr Mohr



---

**victory** Sieg
**top** Verdeck; Oberteil
**afterwards** danach
**mayor** Bürgermeister
**give us the freedom of the city** uns zu Ehrenbürgern ernennen

schon dabei, die Mannschaft auf das Turnier einzustimmen. Wie ein richtiger Fußballtrainer eben.
"Listen, guys", höre ich ihn. "Don't get arrogant. Just **let** the ball do the **work**."
Wir ziehen uns unsere Trikots über und wenig später auf dem Spielfeld sind wir dann komplett. Wir scharen uns kreisförmig um Herrn Mohr. Er ist ein kleiner, stämmiger Mann mit Glatze, der nie aufhört an uns zu glauben und ebenso nie aufhört uns gut zuzureden. Selten nur, dass er zu strengeren Worten greift. Aufmerksam hören wir, was er zu sagen hat.
"You're **really** good. You're **probably** the best. But don't count on that. Every team wants to win against the **favourite**. The next match is always the **most difficult** one, **even if** you'll only play against the really good teams in the semi-final or final. If you play to your **usual standard** you'll win. That's what I think. Even if you only manage to come **second** in



**let** lasst
**work** Arbeit
**really** echt; wirklich
**probably** wahrscheinlich
**favourite** *hier:* Favorit
**most difficult** am schwierigsten
**even if** selbst wenn
**usual** üblich
**standard** Niveau
**second** zweite

your group, it's okay. Just don't come **third**. That **would be** the end. Understand?"
Er schaut uns der Reihe nach mit eindringlichem Blick an.
"**Did you get that?**"
"Yes, coach!", antwortet die Mannschaft wie aus einem Mund.
Dann erinnert er noch jeden einzelnen von uns an unsere Aufgaben, unsere Fehler und Stärken.
"Dennis!", sagt er beschwörend. "**Take care** not to **hold on to the ball**, okay? **Keep an eye on** your opponent and don't forget to **pass** the ball. Lars, you have to **defend without committing fouls**. And do run. Mehmet, **score** goals. Tom, keep them out. And never forget **rule** number one: no match is **lost** until the **final whistle**."



---

**third** dritte
**would be** wäre; würde sein
**Did you get that?** Habt ihr das kapiert?
**take care** pass auf
**hold on to the ball** am Ball kleben
**keep an eye on** behaltet ein Auge auf
**pass** *hier:* passen
**defend** verteidigen
**without committing fouls** ohne Fouls zu begehen
**score** schieß
**rule** Regel
**lost** verloren
**final whistle** Schlusspfiff

Abschließend klatscht er in die Hände und blickt dann auf seine Armbanduhr.
"**Right**! Twenty minutes **till** the first game. That's time enough for a **thorough warm-up**."
Aus einem großen Netz fischt er ein paar Bälle und schickt uns damit vor eines der Tore. Wir schießen Tom zwei, drei Bälle in die Ecken. Er pflückt sie in seiner unverwechselbaren Art herunter und wir wissen gleich: Unser Tor ist bestens gehütet. Wir wiegen uns in Sicherheit.
Wir üben ein paar Standards: Eckbälle, Freistöße. Alles klappt wunderbar, unser Spiel ist so rund wie der Ball. Und als wir wenig später die gegnerische Mannschaft, die Wildkatzen, auf den Platz marschieren sehen, da wissen wir, dass wir uns das erste Spiel eigentlich sparen können. Wir haben es so gut wie gewonnen. Eigentlich tun sie uns schon im Vorhinein leid. Die Wildkatzen wirken auf uns eher wie kleine Tanzmäuse.
Als unser Herr Mohr aber mitbekommt, dass wir unseren ersten Gegner nicht ernst nehmen, müssen wir uns gleich wieder seine mahnenden Worte anhören.
"Listen! Don't get arrogant! Nothing is more dan-



---

**Right.** Also.
**till** bis
**thorough** gründlich
**warm-up** Aufwärmen

gerous than **not taking the opponent seriously** enough. The opponent **doesn't show** you **whether** he's good or not."

"Yes, coach!"

Der Schiedsrichter ist ein Herr Müller oder Meier oder Huber oder Schneider oder Schuster oder Richter. Keine Ahnung mehr. Er hat sich zwar vorgestellt, aber wir haben den Namen gleich wieder vergessen. Mehmet spricht vom Herrn Richter, Dennis vom Herrn Müller und Tom vom Herrn Schneider.

Jedenfalls ist er ein schon ziemlich älterer Herr und Mehmet und ich überlegen uns im Spaß, ob wir aus Rücksicht auf ihn langsamer spielen sollen, langsam rennen, langsam den Ball abgeben. Um ihm die Möglichkeit zu geben, immer auf Ballhöhe zu bleiben.

Unmittelbar vor dem Anstoß stehen die Spieler beider Mannschaften auf ihren Positionen.

Zweimal zehn Minuten. So lange dauert ein Spiel dieses Turniers.

Herr MüllerMeierHuberSchneiderSchusterRichter nimmt die Pfeife in den Mund, schaut auf seine Armbanduhr und wir hören seinen schrillen Pfiff.



---

**not taking the opponent seriously** den Gegner nicht ernst (zu) nehmen
**doesn't show** zeigt nicht
**whether** ob

Und gleich nach dem Anpfiff überrascht uns Herr MüllerMeierHuberSchneiderSchusterRichter. Denn er erweist sich als konditionsstarker Schiedsrichter, der überhaupt keine Mühe hat, mit uns mitzuhalten. Mehmet passt zu Dennis. Der gibt den Ball erstmal weiter zurück an Christian, einen unserer Mittelfeldspieler, der den Ball mir zuspielt.
Spielaufbau, aus der Verteidigung. Wir verschleppen das Tempo und lassen die gegnerischen Spieler in unsere Hälfte vordringen, um sie mit schnellen gezielten Pässen zu überrumpeln und blitzschnell vor ihrem Tor aufzutauchen.
Das ist unsere Taktik.
Das ist unser Spiel.
Den Gegner einlullen, um ihn mit einem plötzlichen und unerwarteten Tempowechsel zu überraschen.
Ich behalte den Ball, locke somit einen der gegnerischen Stürmerzwerge zu mir, um ihn dann mit einem gekonnten Pass auf Dennis ziemlich blöde stehen zu lassen. Dennis dann zu Mehmet. Mehmet täuscht einen Doppelpass mit Dennis nur an, umdribbelt den gegnerischen Abwehrspieler, kommt überraschend in Schussposition, zieht ab und ...
... 1:0.
Das erste Tor des Turniers.
Auf Mehmet ist Verlass.
Ich renne zu Tom zurück und wir klatschen uns ab. Gratulieren uns zum Tor.

Danach haben die Gegner Anstoß. Eigentlich sind sie damit zum ersten Mal so richtig am Ball. Bleiben es aber nicht lange. Dafür sorgt Dennis, der einem der Mittelfeldspieler den Ball abnimmt, als würde er mit aller Selbstverständlichkeit einen reifen Apfel vom Baum pflücken. Der gegnerische Stürmer sieht da alles andere als gut aus. Kann einem echt leidtun.
Nicht nur der Stürmer, sondern die ganze Mannschaft. Denn das 2:0 lässt nicht lange auf sich warten. Mehmet im Doppelpack. Eine klasse Flanke von Dennis auf Mehmet. Der braucht nur seinen Kopf hinzuhalten und der Tormann muss schon wieder hinter sich greifen.



Aber das 2:0 scheint die Wildkatzen wachzurütteln. Nach erneutem Anstoß wirken sie mit einem Mal entschlossener, viel kämpferischer. Ich bin der Erste, der das zu spüren bekommt, als mir der Ball mit einem Rückpass zugespielt wird. Ich versuche ihn wieder in den eigenen Reihen zu halten, als ich mich mit einem Mal auf dem Grün liegend wiederfinde. Ein klares Foul, aber auch eine klare Kampfansage.
Den Freistoß führe ich sofort aus. Ein weiter Pass auf Dennis, der im Mittelfeld die Hand hebt und schreit: "Here!"
Aber der Pass kommt nicht bei ihm an. Ein gegnerischer Mittelfeldspieler fängt ihn ab und ein geschickter Spielzug bringt einen ihrer Stürmer vor Toms Kasten frei zum Schuss.

Aber Tom wäre nicht Tom, würde ihn das vor ein ernstliches Problem stellen.
Nach der Halbzeit dann aber der Elfer für die Gegner. Ob es ein Foul war oder eine Schwalbe, ist für mich nicht mehr festzustellen, es fehlt ja die Zeitlupe wie im Fernsehen. Die Gegner freuen sich schon unmittelbar nach dem Elferpfiff über den kommenden Anschlusstreffer. Zu früh gefreut.
Denn Tom ist immer noch Tom.
Unser Elfertöter.
Instinktiv fliegt er in die richtige Ecke und fischt sich das Rund.
Ich sehe ihn schon in nicht allzu ferner Zukunft zwischen den Pfosten vom FC Bayern stehen. Oder AC Mailand. Oder Real Madrid. Oder Chelsea FC.
Der nicht verwandelte Elfmeter ist dann das Ende des Angriffswillens der Wildkatzen. Die restlichen Minuten stellen sie sich nur noch hinten rein und mauern. Und wir haben auch keinen großen Ehrgeiz mehr, das Ergebnis in die Höhe zu schrauben. Wir begnügen uns mit dem 2:0 und sparen unsere Kräfte für das nächste Match.
“I have to **admit** that your opponents **weren’t** that **strong**”, sagt Herr Mohr zu uns nach dem Spiel.



**admit** zugeben
**weren’t** waren nicht
**strong** stark

"But you **also** played well. You were **concentrated** and the tactic we used was good. And when Tom stopped the penalty I **knew** you'd make it."
"Yes", sagt Mehmet. "This match just **confirms** Tom's **reputation** as a penalty-killer. **From now on** everybody will **wet their pants** when they walk up to the **penalty spot**."
Tom hört das gerne, grinst und verschränkt die Hände hinter dem Kopf und streckt sich.
Unser Trainer schaut auf seine Armbanduhr.
"It's more than an hour till your next match. Drink something, but not **too much**. And don't eat too many sweets. Watch the other teams playing. It'll help you for this afternoon."
Und dann ist da noch der andere Trainer. Lisa.
"You were great!", sagt sie. "You're the best. There's nobody round here who can win against you!"
Die Lisa glaubt an uns.



---

**also** auch
**concentrated** konzentriert
**knew** habe gewusst
**confirms** bestätigt
**reputation** Ruf
**from now on** ab jetzt
**wet their pants** sich in die Hosen machen
**penalty spot** Elfmeterpunkt
**too much** zu viel

# Das Halbfinale

Dass die Mannschaften in unserer Gruppe so schwach sind, ist einerseits unser Glück, dann aber auch ein bisschen unser Pech. Denn egal, wie sehr der Trainer predigt, dass wir nicht leichtsinnig werden sollen, einen Gegner nicht unterschätzen dürfen – wir tun es trotzdem. Ein paar starke Gegner können auf dem Weg ins Finale nicht schaden.

Das zweite Gruppenspiel ist ein noch leichterer Spaziergang als das erste. Wir besiegen die Schwarzen Löwen mit 4:0.

Alles wunderbar herausgespielte Tore. Eines von Mehmet nach Vorlage durch einen Traumpass von mir. So bin ich immerhin an einem Tor beteiligt, das tut verdammt gut.



Tom hat nichts zu tun gehabt. Die Löwen drangen kaum in unseren Strafraum ein, versuchten sich mit gerade mal vier Torschüssen, von denen drei weit vorbeigingen und einer Tom in die Hände fiel. Hätten wir ihm nicht ein paar Rückpässe zugespielt, der beste Jugendtorwart der Welt wäre mit Sicherheit eingeschlafen.

Nach dem Spiel führen wir wieder die gewohnten Gespräche. Das Einschwören des Trainers, dass wir es nicht zu leicht nehmen dürfen. Dass wir nicht überheblich werden dürfen. Immer auf der Hut sein müssen, uns nicht zu sicher sein dürfen.

Und Lisa, die sagt: “You’re **on such good form**. Nothing can happen to you. Who’s going to stop you? Real Madrid **hasn’t joined** the tournament.”
“The Red Dragons are enough for us. They could get dangerous!”, sage ich.
“Forget it!” Lisa winkt ab.
Bei unserem nächsten Spiel erfahren wir allerdings, dass die Drachen gar nicht rot sein müssen, um uns in Schwierigkeiten zu bringen. Gelb reicht auch schon.
Die Gelben Drachen sind unsere nächsten Gegner und sie haben zwei ungeheuer dribbelstarke Flügelstürmer, die unsere Abwehr gleich zu Beginn gehörig durcheinanderwirbeln.



Ich habe alle Hände beziehungsweise Füße voll zu tun, einen der beiden giftigen Stürmer nicht vorbeizulassen. Doch dann, gegen Ende der ersten Halbzeit, passe ich nicht auf. Ich grätsche nach dem Ball, aber in Wahrheit grätsche ich ins Leere und hau dabei einen der Stürmer um.
Leider im Strafraum.
Leider Elfmeter.
Gott sei Dank haben wir Tom im Tor.
Nach dem Strafstoß rauft sich einer der gegnerischen Spieler die Haare, weil Tom in die richtige Ecke gehechtet ist.

---

**on such good form** so gut in Form
**hasn’t joined** macht nicht mit

Weil Tom der Beste ist.
Weil Tom den Ball mit den Fingerspitzen am Pfosten vorbeilenkt.
Trotzdem fällt wenig später nach einem genialen Spielzug der Gelben Drachen das 0:1. Tom trifft keine Schuld. Ein Abwehrfehler von mir und drin ist das Leder.
Dann der Halbzeitpfiff und danach Gott sei Dank unser gewohnt gekonntes Angriffsspiel.
1:1 durch Mehmet.
2:1 durch Dennis.
Schlusspfiff.
Gruppenerster.
"**Congratulations!**", ruft der Vater von Dennis uns vom Spielfeldrand zu. "You played very well!"
"Excellent **attacking game**!", sagt mein Vater. "You're a **brilliant** team. And you **didn't lose your cool** when the others **seemed** to be winning. That shows how good you are."
Er legt den Arm um meine Schulter, als er merkt, dass ich trotz des Sieges nicht der Glücklichste bin. Mein dummer Abwehrfehler.
"Und du, mein Junge!", sagt er und drückt mich.

---

**Congratulations!** Herzlichen Glückwünsch!
**attacking game** Angriffsspiel
**brilliant** brillant
**didn't lose your cool** habt die Fassung nicht verloren
**seemed** schienen

"Musst nicht geknickt sein, wegen deinem kleinen Patzer. Kann jedem passieren. Und er war nicht spielentscheidend. Halb so wild."
"Wow!", schwärmt Lisa. "Tom, you're so good. The way you **saved** the penalty was **absolutely fantastic**!"
Die Roten Drachen, unsere Angstgegner, haben es nicht so leicht gehabt. Ihre Gruppe war eindeutig schwerer, trotzdem sind sie dank ihrer Mittelfeldkampfmaschine Marc Gruppenerster geworden. Marc hat nämlich in der gesamten Vorrunde drei Elfer rausgeschunden, die alle verwandelt wurden. Zwei der Spiele sah ich mir an und war beeindruckt von der Spielstärke der Roten Drachen.
Aber da auch sie Gruppenerster geworden sind, können wir erst im Endspiel auf sie treffen. Vorausgesetzt natürlich, wir gewinnen das Halbfinale.
Bis zum ersten Halbfinalspiel ist eine Stunde Pause. Wir spielen als Erste gegen die Zweiten der anderen Gruppe. Danach sind die Roten Drachen dran. Wir haben mächtig Hunger und am liebsten würden wir uns die Mägen vollschlagen. Aber das dürfen wir nicht. Nur kleine Mahlzeiten, eine Breze oder eine Semmel sind erlaubt.
Dennis, Mehmet, Lisa, Tom und ich sind unterwegs



---

**saved** hast gerettet; *hier:* hast gehalten
**absolutely** absolut, vollkommen
**fantastic** fantastisch

zur Sportplatzgaststätte. Wir wollen mal einen Blick in die Eistruhe werfen.
“I’ll have **a couple of** Magnums”, tönt Dennis. “With **a few** more kilos on my **ribs** I could **roll** much better through the **penalty box**.”
Die Terrasse der Gaststätte ist gut besucht. Viele der Eltern nutzen die Pause für einen Imbiss, und die Väter unter ihnen hört man in hitzigen Diskussionen.
Mein Vater sitzt mit den Eltern vom Dennis an einem Tisch. Er winkt mir zu, dann hebt er den Daumen nach oben und macht mir Mut fürs Halbfinale.
Über die Terrasse gehen wir in den Gastraum, als wir plötzlich vor Marc stehen.
“Oh, wen haben wir denn da?”, fragt er arrogant.
“The **winners** of the tournament!”, kontert Mehmet schlagfertig.
In Marcs Gefolge sind noch drei andere aus seiner Mannschaft. Man kennt sie als Marcs treue Gefolgsleute. Auf dem Platz und auch neben dem Spielfeld. Zwei von ihnen sind exzellente Fußballer, Nico und Charly, der andere ist ein brutaler Bolzer, der vor keinem Foul zurückschreckt.



---

**a couple of** ein paar
**a few** ein paar, einige
**ribs** Rippen
**roll** rollen
**penalty box** Strafraum
**winners** Gewinner

"Dass ich nicht lache! Winners of the tournament!", äfft Marc Mehmet nach und grinst fies. "Ein guter Witz! Nur nicht die Wahrheit. Weil die Sieger nämlich vor euch stehen!"
"Wie wollt ihr das Turnier gewinnen, wenn ihr im Halbfinale rausfliegt?", fragt Nico, ein kleiner Rothaariger, der auf dem Platz richtig giftig sein kann.
Wir haben die vier an der Eistruhe überrascht.
Sie zahlen ihr Eis am Tresen. Danach wanken sie in ihren lässigen Schritten an uns vorbei und schenken uns ihr arrogantes Lachen.
"Wir werden ja sehen, wer am Ende als Sieger den Platz verlässt!", sagt Marc und steckt mir sein Eispapier hinten in die Hose.



"Idiot!", zische ich und werfe es ihm hinterher.
Marc hält kurz inne, kommt zwei Schritte auf mich zu. "Was hast du da grade gesagt? Darauf werde ich auf dem Platz zurückkommen. Nummerier schon mal deine Knochen!"
Er tippt mir mit dem Zeigefinger gegen die Brust, dann ziehen sie ab.
Mehmet verzieht das Gesicht zu einer gespielt ängstlichen Fratze.
"Oh!", bibbert er. "I'm so scared! The Red Dragons are going to kill us. We'll wet our pants and won't be able to score a **single** goal."

---

**single** einziges

“**Disgusting** guys!”, beschwert sich Lisa. “I know why I play in a girls’ team.”
“Because you’re a girl!”, sagt Mehmet.
“Because girls are always nice”, betont Lisa.

Das Halbfinale zeigt uns, wie ungerecht die Gruppen verteilt waren. Und es zeigt uns, wie stark die Roten Drachen wirklich sind. Denn diese Mannschaft hier, die zweiten der anderen Gruppe, setzt uns von Beginn an mächtig unter Druck.
Ich erinnere mich, wie leicht es aussah, als die Roten Drachen sie besiegten.
Ihre Stürmer sind fast nicht zu packen. Wieselflink mit einer so guten Ballführung wirbeln sie uns immer wieder durcheinander. Zwei von ihnen schießen aus allen Lagen.
Zum ersten Mal muss Tom sich beweisen. Muss er zeigen, dass er eine Klasse für sich ist. Und das tut er.
Dieses ganze Halbfinalspiel ist eine einzige Sternstunde von Tom. Und das vor vollen Rängen. Er wirft sich auf den Boden, fliegt durch die Luft, faustet nach den Bällen.
Zwei Freistöße pflückt er aus dem Latteneck.
Ein anderes Mal steht er goldrichtig, als einer der Stürmer allein vor dem Tor zum Schuss kommt. Dass wir zur Pause nicht hoffnungslos zurückliegen,



**disgusting** ekelhaft

ist allein sein Verdienst. Applaus brandet auf. Die Atmosphäre unter den Zuschauern hat etwas von einem richtigen Fußballspiel.

"You have to **step up** your **attack**", schärft uns Mohr in der Pause ein. "If you don't score goals you can't win. A **draw** doesn't do you any good. **Come on**, play an offensive game, **you've got** nothing to lose."

Und so spielen wir dann auch in der zweiten Hälfte. Nach vorne.

"Pass!", höre ich Mehmet am gegnerischen Strafraum. Er hebt unentwegt den Arm, damit ich ihm den Ball zuspiele. Ich versuche mich nach vorne zu orientieren, ohne dabei die Verteidigung zu vernachlässigen. Mit Tom hinter mir fühle ich mich sicher.



Ich schlage viele Pässe direkt in den Sturm. Zu Mehmet oder zu Dennis. Die meisten erreichen ihr Ziel nicht. Werden vom Gegner abgefangen.

Aber ein Pass ist dabei, der fällt Mehmet direkt vor die Füße.

Ballannahme auf Weltniveau.

Zwei, drei Schritte führt er den Ball dicht am Fuß, täuscht einen gegnerischen Verteidiger und dann ...

---

**step up** hochschrauben
**attack** Angriff
**draw** Unentschieden
**Come on.** Kommt schon.
**you've got** ihr habt

Zieht er voll ab und versenkt das Ding im gegnerischen Tor.
Ich reiße die Arme hoch und schaue auf die Tribüne.
Meine Eltern jubeln, alle Eltern, alle unsere Fans jubeln.
1:0.
Und das ist auch der Endstand. Der Schlussoffensive des Gegners halten wir mit allen Mitteln stand. Wir werfen alles nach hinten. Mehmet, Dennis und die anderen aus Sturm und Mittelfeld helfen hinten aus, werfen sich in jeden Ball, stören den gegnerischen Spielaufbau, wo und wie sie können.
Und dann endlich der Schlusspfiff.
Wir sind im Finale!
Wir jubeln. Klatschen uns gegenseitig ab und beglückwünschen uns.
Alle beglückwünschen uns.
Sogar Marc von den Roten Drachen beglückwünscht uns.
"Willkommen im Endspiel!", sagt er mit einem breiten Grinsen. "Wo wir euch nach allen Regeln der Kunst auseinandernehmen werden. Da wird euch euer Wundertorwart nicht viel nützen. Wir werden euch schlagen."
"Wir werden sehen", sage ich nur.
Eigentlich sollte eine Viertelstunde Pause sein zwischen den beiden Halbfinalspielen. Aber Veränderungen am Himmel lassen den Veranstaltern keine

Ruhe. Im Westen zieht ein Unwetter auf. So wird das zweite Spiel vorgezogen und die Roten Drachen müssen gleich ran.
Die Tribünen sind voll und alle Zuschauer werden Zeuge, wie die Zweiten aus unserer Gruppe in einem harten Spiel zerlegt werden.
"There's **quite** a hard time **ahead of** you", sagt Lisa, als sie Marc durch den gegnerischen Strafraum walzen sieht. "It's good you've got Tom as goalie."
3:0 ist der Halbzeitstand und genau zum Seitenwechsel verschlechtern sich die Bedingungen schlagartig. Die ersten Böen setzen ein und bald darauf prasseln riesige Tropfen aufs Spielfeld. An ein schönes Fußballspiel ist nicht mehr zu denken, trotzdem quälen sich die Mannschaften durch Wind und Regen bis zum Schlusspfiff. Allerdings torlos und mit immer weniger Zuschauern.
Die Ränge sind so gut wie leer gefegt. Die Leute drängen sich in der Gaststätte, unter den Sonnenschirmen auf der Terrasse oder sitzen in ihren Autos. Dort warten sie etwa eine Stunde auf Wetterbesserung. Als die aber nicht in Sicht ist, wird das Endspiel kurzerhand auf den morgigen Sonntag verschoben.



---

**quite** ziemlich
**ahead of** vor

# Danebengegriffen

"We have to think about how to **get rid of** Marc", sage ich. "The **postponement** of the final is not a bad thing for us. We have to think about strategies."
"I know one", sagt Mehmet. "Scoring goals."
"Marc and his bodyguards Charly and Nico ...", sagt Dennis. "They never play fair. But **still**, they're very good **footballers**. We have to **accept** that. The **whole** team is very good."
"But nothing bad can happen to you. You still have Tom!", beruhigt uns Lisa. "I don't know why you're worried. He's in top form. Didn't you see how well he played? You just have to score a goal. Tom will do the rest."
"Come on, guys!" Tom hebt abwehrend die Hände. "I'm not Superman."
"Yes, you are!", sage ich und werfe ihm den Ball zu. Er war nicht drauf gefasst, fängt ihn aber trotzdem mit gewohnter Sicherheit.
"Scoring goals!", wiederholt Mehmet. "Scoring goals!"



---

**get rid of** loswerden
**postponement** Verschiebung
**still** immerhin
**footballers** Fußballspieler
**accept** akzeptieren
**whole** ganze

"So do it!" Lisa wirft ihm gut gelaunt einen Keks an den Kopf und grinst.
Wir sitzen wieder bei Tom auf der Terrasse. Der Regen prasselt zwar immer noch auf die Markise, aber er lässt von Minute zu Minute nach. Für morgen hat das Radio wieder Sonnenschein angekündigt.
Lisa, Dennis, Mehmet und ich warten noch, bis es vollkommen aufgehört hat zu regnen, dann gehen wir nach Hause.
"We shouldn't count on Tom too much", sagt Dennis auf der Straße. "We have to play a good match."
"That's what I'm saying!", sagt Mehmet. "We have to score goals."

"Oh, Mehmet!", stöhnt Lisa. "Can't you say **anything else for a change**?"
"Scoring goals", sagt Mehmet.

Am nächsten Morgen ist Kaiserwetter. Oder auch Endspielwetter. Keine Wolke am Himmel. Ich fühle mich großartig und hoffe, dass das nach dem Endspiel immer noch so sein wird.
Leider ist die Kulisse nicht mehr so imposant wie gestern. Bis auf die Roten Drachen und die Weißen Tiger ist keine Mannschaft mehr dabei. Auch nicht deren Fans und Angehörige.

---

**anything else** irgendetwas anderes
**for a change** zur Abwechslung

So tummeln sich heute nicht viel mehr Leute als unsere Eltern und Geschwister auf den Tribünen. Das ist schade, ein Endspiel hat mehr Publikum verdient. Aber das Spiel zu verschieben war trotzdem die richtige Entscheidung. Der Platz ist heute viel besser bespielbar. Gestern, das wäre unmöglich gewesen. Keine fairen Wettkampfbedingungen.
Vor dem Spiel werden die üblichen Zeremonien abgehalten. Herr Mohr schart uns um sich und schwört uns auf das Spiel ein. Bei den Roten Drachen das Gleiche. Ein Kreis von blauen Trikots in dessen Mitte ihr Trainer steht.
"The Red Dragons are a very good team", lassen wir uns von Herrn Mohr einschärfen. "They play hard, not always fair, but very well. But that **doesn't mean** that you **can't** beat them. You're good enough to do it. Mehmet? Dennis? Tom?"
Unsere drei Säulen für den Erfolg.
Ich gehöre nicht dazu. Leider.
Die Säulen nicken und scharren mit den Füßen im Gras wie ungeduldige Gäule, die es nicht erwarten können, endlich auf die Rennbahn zu kommen.
"We know!", sagt Dennis.
"I have an idea!", sagt Mehmet.
"Tell us!", sagt Mohr.



---

**doesn't mean** bedeutet nicht
**can't** könnt nicht

"We just have to score one more goal than the Dragons. Then nothing can happen to us."
"Good idea!" Mohr gibt ihm einen freundschaftlichen Klaps auf den Kopf. "Idiot! – And you, Tom!", fährt Mohr fort. "If you play as well as yesterday, the final is **already** won."
Tom nickt stumm. Sein Gesicht verrät kaum eine Regung. Er wirkt verändert. In seinen Augen ist nicht dieser Glanz der Souveränität zu finden wie sonst.
"Don't worry!", hören wir ihn etwas kleinlaut sagen.
Minuten später erfolgt der Anstoß für die Roten Drachen. Marc mit seinem finsteren coolen Blick führt ihn aus. Er passt zurück zu Nico, der zu Charly und Charly dann wieder zu Marc, der sich in der Zwischenzeit blitzschnell freigelaufen hat. Beweglich ist er, dieser Marc.
Nico und Charly bleiben ihm treu zur Seite. Und schon brennt es bei uns hinten. Wir haben alle Hände voll zu tun, diesen ersten Angriff abzuwehren.
Marc höchstpersönlich stürmt auf mich zu. Diese wutschnaubende Walze vor mir ist schon Furcht einflößend.
"Hau ab, wenn du überleben willst!", brüllt er mir entgegen.
Ich beschließe, seiner Aufforderung nicht nachzukommen, und stelle mich ihm tapfer in den Weg. Er



---

**already** schon

versucht ein Dribbling. Ich bleibe hartnäckig, bin ja ein unangenehmer Verteidiger, bissig, will meinem Ruf gerecht werden und klebe lästig an ihm, grätsche nach dem Ball.

Ich merke, wie Marc es drauf anlegt, dass ich ihn am Schienbein erwische. Er will einen Freistoß schinden. Aber ich tue ihm nicht den Gefallen und treffe, so wie ich es beabsichtige, den Ball.

Marc guckt ins Leere. Das bessert seine Laune nicht.

“Wart’s nur ab, du Zwerg!”, brüllt er.

Er ist ein Stück größer, zugegeben, aber ein Zwerg bin ich deshalb noch lange nicht.

Auch Nico lasse ich stehen wie einen Waisenknaben. Ich zeige all meine Qualitäten. Und dann mein Pass auf Mehmet, soll er mal das Tor schießen, von dem er die ganze Zeit gefaselt hat. Macht er aber nicht. Obwohl mein Pass gut ist. Aber auch Mehmet bekommt es mit bissigen Verteidigern zu tun.

Die Ballannahme ist schwierig, Mehmet bringt das Rund nicht richtig unter Kontrolle. Legt sich den Ball zu weit vor. Ein gefundenes Fressen für einen kleinen, stämmigen Verteidiger, der das Ding entschärft. Und schon segelt der Ball mit einem weiten Pass wieder in meine Richtung.

So geht es eine Weile hin und her, bis es mit einem Mal völlig überraschend 1:0 für uns steht. Von hier hinten habe ich es gar nicht richtig mitbekommen. Aber unser Großmaul Mehmet hat doch tatsächlich

seine heldenhaften Worte in eine heldenhafte Tat umgewandelt. Er kann es selber kaum glauben und taumelt über den Platz, trunken vor Glück.
Halbzeitstand eins zu null.
Und danach nur noch mauern.
Und alles halten, was aufs Tor geflogen kommt.
Kapiert Tom?
Wir sorgen uns nicht. Tom ist ja Superman.
In der zweiten Halbzeit sieht alles nach einem Gelingen aus. Wir führen, wir haben Tom, was soll uns passieren?
Doch leider!
Es passiert!

Der Albtraum!
Tom mit einem Blackout.
Blackout – das ist der Fehler aller Fehler.
Ein Fernschuss von Charly. Er trifft den Ball nicht mal richtig. Alles andere als mit Wucht bewegt sich das Rund aufs Tor zu.
Und Tom greift daneben.
Er greift tatsächlich daneben. Das kann nicht wahr sein. Er greift daneben, als wäre er Mr Bean mit dem schlimmsten Sehfehler.
Das geht nicht mit rechten Dingen zu. Tom ist doch der Beste. Er ist doch Superman. Der Garant für den Sieg. Der Elferkiller. Der Ballpflücker.
Warum dieses unnötigste 1:1 der Welt?
“Tom!”, brülle ich. “What happened?”

Er weicht meinem Blick aus.
Was ist mit ihm? Nervös? Wegen des Endspiels?
Kann ich mir nicht vorstellen.
Aber ich beruhige mich wieder. Wir alle beruhigen uns. Müssen zur Ruhe finden, zu unserem Spiel.
Ein Fehler, das darf sein. Tom ist halt auch nur ein Mensch, das hat er ja selber gesagt. Er ist kein Superman. Ein Fehler sei ihm erlaubt.
Jetzt müssen wir wieder ran. Die Feldspieler.
Kapiert, Mehmet? Tore schießen!
Nach dem Anstoß wird für einen ruhigen Spielaufbau zu mir zurückgepasst. Ich bekomme den Ball und versuche mich wieder mal mit einem meiner hoffentlich genialen Pässe auf Mehmet, der sich vorne anbietet.
Mein Pass ist tatsächlich genial. Mehmets Annahme auch. Leider aber auch der gegnerische Verteidiger. Nicht gerade genial, aber hartnäckig, bissig, wie gute Verteidiger eben sein müssen. Mehmet verliert den Ball und die Roten Drachen stürmen mit einem Konter auf uns zu.
Marc zu Nico, Doppelpass mit Marc, Marc wieder zu Nico, Nico zu Charly, Charly zu Nico.
Ich versuche nach dem Ball zu grätschen. Dass ich damit das Risiko eines Fouls eingehe, ist mir schon klar. Aber wir sind eindeutig vor dem Strafraum. Wenn ich Nico zu Fall bringen sollte, wird es nur einen Freistoß geben und keinen Elfer.

Und leider kommt es so: Ich erwische Nico am Schienbein. Dass er stürzt, ist vorprogrammiert. Die kleinste Berührung reicht bei so einem Stürmer, damit er sich theatralisch fallen lässt, als wäre es sein Ende.
Stürmer warten nur auf die Gelegenheit.
Der Pfiff des Schiedsrichters kommt unvermeidlich. Er zeigt auf den Punkt, wo das Foul geschehen ist, und unsere Mannschaft formiert sich im Nu zur Mauer.
Für einen direkten Freistoß haben sie die Nummer elf, einen stämmigen blonden Mittelfeldspieler. In einem der Gruppenspiele und im Halbfinale haben wir uns ein Bild von ihm machen können. Einmal hat er einen Freistoß direkt verwandelt, einmal hat ihn der Tormann gehalten.
Jetzt ein Teil der Mauer zu sein gehört nicht gerade zu meiner Lieblingsaufgabe. Ich habe Angst, den Ball abzubekommen. Aber es muss sein.
Ängstlich blicken wir alle in Richtung Freistoßschützen.
Ich denke an Tom, für den es immer ein Kinderspiel ist, Freistöße dieser Art zu halten. Vom Schuss überrascht kann er eigentlich nicht werden, denn Tom ist groß und müsste sehen, von wo der Ball kommen wird.
Noch sind sie sich nicht einig, wer schießen wird. Marc steht neben dem mit der Nummer elf in der

Nähe des Balles, wie auch nicht. Marc ist der Chef. Nico steht auch dabei. Aber es wird die Nummer elf sein, da bin ich mir sicher.
So kommt es auch. Der Schiedsrichter gibt mit einem Pfiff den Ball frei, der Blonde läuft an, zieht ab und der Ball geht über uns hinweg. Zwei neben mir springen in die Höhe, um den Schuss abzuwehren. Aber die Flugbahn ist zu hoch.
Ich schaue dem Ball nach, drehe meinen Kopf und sehe, dass der Schuss nicht gut genug platziert ist. Er geht in kein Eck, weder ins linke noch ins rechte. Er segelt direkt auf Tom zu.
Was für ein Glück. Tom braucht nur die Arme zu heben und das Ding in Empfang zu nehmen.
Doch was ist das?!
Was macht unser Supermann-Torwart!?
Er braucht doch nur stehen zu bleiben!
Aber was macht er!?
Er hechtet sich ins Eck.
Nicht nur ins Eck, sondern ins Leere.
Ins absolut Leere!
Er macht Platz für den Ball, der in aller Seelenruhe ins Tor rauscht!
Der sich zu unserer Niederlage ins Netz kuschelt.
Ein Tormann darf dem Ball keinen Platz machen!
Tom!? Was ist das denn!? Was ist los mit dir?
"Tom!" Mein Schrei bleibt mir im Halse stecken.
Die Roten Drachen jubeln und klatschen sich ab.

Nach dem Anstoß bleiben uns noch zwei Minuten, das Blatt zu wenden. Aber die Zeit verstreicht in einem ungeordneten, hektischen Sturmlauf, in dem wir uns keine einzige Gelegenheit herausspielen können.

Mit dem Schlusspfiff ist unsere Niederlage besiegelt.

Das darf nicht wahr sein. Das darf einfach nicht wahr sein.

Geknickt verlassen wir den Platz. Tom ist ein Häufchen Elend.

"Sorry!", sagt er. "**It's my fault**. I **had** the worst day ever. I'm so sorry. I just don't understand it."



Keiner versteht das.

In der Umkleidekabine herrscht Schweigen und Ratlosigkeit. Ab und zu nur ist ein Fluchen und ein Seufzer zu hören. Mit unendlich langsamen Bewegungen ziehe ich mich um.

Als ich mit Mehmet dann aus der Garderobe komme und zum Auto will, wo meine Eltern auf uns warten, treffen wir zu allem Überfluss auch noch auf Marc, Nico und Charly.

"Oh! Guckt mal!", höhnt Marc. "Da kommen sie ja, die Sieger des Turniers! War euer Torwart also doch nicht so gut, was?"

---

**It's my fault.** Es ist meine Schuld.
**had** hatte

# Wunden werden geleckt

Mehmet und ich sitzen nebeneinander auf der Rückbank. Die Stimmung ist gedrückt, wie auch nicht. Sowohl Mehmet auf der rechten Seite wie auch ich auf der linken blicken stumm aus dem Fenster.
"**What was wrong** with Tom today?", fragt meine Mutter und wirft einen schnellen Blick nach hinten.
"Two such easy balls!", sagt da mein Vater. "Just think of all the goals he stopped in the other matches! I had the **impression** that somebody else was in your goal today. Football is a team sport, I know, but it's pretty clear that your **defeat** today was Tom's fault."
Mehmet neben mir ist richtig geknickt.
"That's exactly how it was", sagt er. "As if **somebody** else, not the best goalkeeper **ever**, was standing between the **posts**. It's **unbelievable**." Er schüttelt den Kopf.
"But don't **repeat** what I said", meint mein Vater.



---

**What was wrong?** Was war los?
**impression** Eindruck
**defeat** Niederlage
**somebody** irgendjemand
**ever** je; *hier:* den es je gegeben hat
**posts** Pfosten
**unbelievable** unglaublich
**repeat** wiederholen; *hier:* weitersagen

"It was just **bad luck** for Tom that nobody else was able to **make up for** his mistakes. That's the luck of the goalkeeper."
"Anyway, it was because of him that you **reached** the final", sagt meine Mutter. "The way he saved the penalty in the semi-final was world class."
"That's right", sage ich. "**Unfortunately** he wasn't world class **during** the final!"
"He's still one of the best young goalies I'**ve** ever **seen**", sagt mein Vater. "It was just bad luck today. You have to **cheer him up**. You have to make **clear** to him that a day like today **is best forgotten**."

"Yeah", sage ich. "I already **tried** to talk to him, but I didn't have a chance after the match. He **left straight away**."
Ein paar Minuten fahren wir wortlos dahin, bis mein

---

**bad luck** Pech
**make up for** ausgleichen
**reached** habt erreicht
**unfortunately** leider
**during** während
**(have) seen** (habe) gesehen
**cheer him up** ihn aufmuntern
**clear** klar
**is best forgotten** vergisst man besser
**tried** habe versucht
**left** ist gegangen
**straight away** sofort

Vater Mehmet fragt, ob er ihn nach Hause bringen solle. Da schaut mich Mehmet von der Seite an und will von mir wissen, ob ich nicht Lust hätte, irgendwas gemeinsam zu machen. Vielleicht im Garten ein paar Bälle treten, quasi zum Abreagieren. Er wolle jetzt auf gar keinen Fall frustriert allein zu Hause hocken.
"Sure", sage ich.
Und so fährt Mehmet noch mit zu mir.
Wir gehen hinters Haus und ich lege mir den Ball zurecht. Mehmet stellt sich zwischen die hölzernen Stangen des alten Klettergerüstes.
Ich gehe ein paar Schritte zurück und nehme schon Maß, als Mehmet plötzlich seinen Platz zwischen den Pfosten verlässt und die Leiter hoch aufs Klettergerüst steigt. Er setzt sich oben auf die Querstange.
"What's up?", frage ich.
"Puh!", seufzt er. "I don't want to. I still can't believe that we lost the match. Those stupid goals. Wasn't it **crazy**?"
"Yeah, really crazy", sage ich, lasse den Ball, wo er ist, schlendere zum Gerüst und setze mich auf die unterste Sprosse der Leiter.
"**There's something fishy** about this", sagt Mehmet. "Tom **was acting strange** today, wasn't he?"



---

**crazy** verrückt
**there's something fishy** irgendetwas ist faul
**was acting strange** hat sich seltsam benommen

Ich stütze mein Kinn in die Hände und schaue nachdenklich in den Garten. Bin in der gleichen trüben Stimmung wie Mehmet.
“Yes”, sage ich. “He was acting really strange. Perhaps he didn’t feel well. Something must **have been** wrong with his tummy; or **perhaps** he had a **fever** and didn’t tell us, because he wanted us to feel **safe**.”
“Hm”, macht Mehmet oben auf dem Querbalken.
Ich blicke zu ihm hoch und sehe, wie er den Blick schweifen und unter sich die Füße baumeln lässt.
“We had them in the box”, sagt er. “And we just had to **shut** the box. What a lost **opportunity**.”
Er schüttelt verständnislos den Kopf.
“It’s just that I **envy** Marc this victory”, sage ich.
“**So do I. Above all**, we were the better team and it would have been fair if we’d won.”
“What do you think?”, frage ich. “Shall we go and talk to Tom? See how he feels? Perhaps he needs cheering up.”
“Yeah, let’s go”, sagt Mehmet.



---

**have been** gewesen sein
**perhaps** vielleicht
**fever** Fieber
**safe** sicher
**shut** schlie en
**opportunity** Gelegenheit
**envy** beneide
**So do I.** Ich auch.
**above all** vor allem

Zu Tom sind es zehn Minuten zu Fuß. Wir nehmen den Ball mit, weil mit Ball aus tatsächlichen zehn Minuten Fußweg zwei gefühlte Minuten werden. Die Straße in unserer Siedlung ist wenig befahren und Mehmet und ich kicken uns den Ball gegenseitig zu. Die Zeit verfliegt und wir stehen vor Toms Haustür. Mehmet und ich verständigen uns mit einem kurzen, entschlossenen Blick, nicken uns Mut zu, dann klingeln wir.
Seine Mutter öffnet, und als sie uns erkennt, verrät ihr Gesicht Erleichterung.
"Lars, Mehmet … How nice of you to come", sagt sie. "I already asked Tom where you were. The poor thing is **in a dreadful state**. He really doesn't feel well. Cheer him up **a little**! He said he didn't want to see anyone, but just go up to his room. **Try** to **convince** him to go out. You can **make yourselves comfortable** on the **patio** and talk to him there. I'll **get** you some lemonade. It's such nice weather … Tom shouldn't be staying in his



---

**in a dreadful state** in schrecklichem Zustand
**a little** ein bisschen
**try** versucht
**convince** überzeugen
**make yourselves comfortable** macht es euch bequem
**patio** Terrasse
**get** *hier:* holen

room, it doesn't help anyone. **What's done is done.**"

Wir gehen die Treppe nach oben in den ersten Stock. Mehmet voran, ich hinter ihm. Vor der Tür bleibt Mehmet stehen und wir klopfen gemeinsam an.

Wir warten nicht, bis Tom uns hereinbittet, sondern öffnen gleich die Tür.

"Hi!", sagen wir. "**How are you?**"

"Oh, it's you!", kommt es leise.

"Stupid match, wasn't it?", sagt Mehmet in bemüht lockerem Tonfall.

"I really **failed**!", murmelt Tom.

"You just had a blackout!", sage ich. "It happens to the best of us."



"Lars is absolutely right. We all have bad days. I wasn't **that** good **either** today", sagt Mehmet. "I had a few chances, but I **screwed them up**. If I'd scored two more goals, we would have made it. **Shit happens.** It was nobody's fault. We're a team. We all win together and we all lose together."

---

**What's done is done.** Passiert ist passiert.
**How are you?** Wie geht es dir?
**failed** habe versagt
**that** *hier:* so
**either** auch nicht
**screwed them up** habe sie vermasselt
**Shit happens.** *etwa:* Dumm gelaufen.

“Your mother wants to **serve** lemonade on the patio. She asked us to come down”, sage ich.
Tom zeigt keine Regung.
“Hey!”, sage ich. “**Life goes on.** And you’re the best **player** on our team. Things like this **even** happen to Oli Kahn.”
“Not really”, stöhnt da Tom.
“Come downstairs with us now”, sagt Mehmet.
Und tatsächlich. Tom macht Anstalten, sich von seinem Bett zu rollen. Seine Füße tasten nach den Schuhen. Und Sekunden später verlässt Tom sein Zimmer. Wenn auch als gebeugter, geschlagener Krieger, aber er kommt mit auf die Terrasse.
Es ist später Nachmittag, die Sonne steht bereits tief und die Markise bietet keinen Schatten mehr.
Wir sitzen schweigend am Tisch, als Toms Mutter auf einem Tablett drei Gläser und eine große Flasche Limo bringt. Ein bisschen ist es mir unangenehm, mich von ihr bedienen zu lassen. Aber als sie mir zuzwinkert, merke ich, dass sie es gerne tut und froh ist, dass wir bei Tom sind.
Wir schenken uns die Gläser ein und nippen an ihnen, als ich es an der Tür klingeln höre. Kurz darauf die erfreute Stimme von Toms Mutter, wie sie je-



---

**serve** servieren
**Life goes on.** Das Leben geht weiter.
**player** Spieler
**even** sogar

manden begrüßt. Der Jemand sind Lisa und Dennis, die auf die Terrasse kommen, natürlich auch mit betretenen Gesichtern. Als sie Mehmet und mich sehen, müssen sie trotzdem schmunzeln. Vermutlich darüber, dass wir alle den gleichen Gedanken hatten. Nämlich den, Tom zu trösten.

Und das tun sie dann auch. Sie reden ihm ähnlich gut zu wie Mehmet und ich vorhin auf seinem Zimmer.

"Mehmet!", sagt Lisa dann gespielt vorwurfsvoll. "Why didn't you score more goals? The coach **should have brought me on instead** of you."

"Right", sagt Mehmet und grinst. "And **everybody** would have said '**ladies first**', then they would have **bowed** and let you go ahead and play. **Including** Marc. He would have **fallen in love** with you. And as he's really a gentleman **at heart**, he would have scored only **own goals** to do you a **favour**."



"That will be our strategy for next year", sage ich und lache.

---

**should have brought me on** hätte mich aufstellen sollen
**instead** anstatt
**everybody** alle; jeder
**Ladies first.** Damen zuerst.
**bowed** sich verbeugt
**including** inklusive
**fallen in love** sich verliebt
**at heart** im Grunde
**own goals** Eigentore
**favour** Gefallen

Wie gut, dass es Lisa gibt, mit ihrer ansteckenden guten Laune, und wie gut, dass es den Clown Mehmet gibt. Die beiden können auch die traurigsten Beerdigungsgesellschaften zum Lachen bringen.
Aber so richtig lässt sich Tom immer noch nicht aufheitern. Wir stehen ihm wirklich bei, sprechen ihm gut zu, geben ihm keine Schuld, machen Witze und sind richtig versöhnlich mit ihm, und eigentlich müsste er sich schon ein kleines Schmunzeln entlocken lassen. Bisher war er eigentlich auch in schlechten Augenblicken immer für den einen oder anderen Scherz zu haben.
Aber nicht heute.
Früher oder später akzeptieren wir, dass es ein besonders schlimmer Tag für ihn ist, und geben uns damit zufrieden, dass er stumm bei uns sitzt.
Lisa und Mehmet kommen noch so richtig in Fahrt und kabbeln sich wie in den besten Tagen und ich lehne mich irgendwann nur noch zurück und blicke in den Garten, über das Kaninchengehege hinweg auf den Rasen, der frisch gemäht ist, und sehe Toms Vater hinten an der Hecke über das Gemüsebeet gebeugt Unkraut zupfen.
Bald fängt es an zu dämmern und wir gehen nach Hause.

# Da ist was faul

Es ist schon dunkel und ich liege im Bett, ein Buch unter der Nase, als meine Mutter mit dem Telefon in der Hand an die Tür klopft.
"Es ist Mehmet", sagt sie. "Er meint, es wäre ganz dringend!"
"So spät noch?", staune ich.
"**Asleep already?**", ist das Erste, was er fragt, kaum hat mir meine Mutter das Telefon in die Hand gedrückt.
"I'm reading", gebe ich zurück. "**Why are you calling** so late? It's **way past** ten."

Ich höre ihn am anderen Ende aufgeregt schnaufen.
"Listen!", sagt er. "When we were **at Tom's place**, something was very strange. I had this **weird** feeling **all the time**. I'm thinking more now about this afternoon than about the lost match. And that means something."
"Want to tell me?", frage ich.
Ich lege mich zurück, den Kopf auf dem Kissen, den Hörer am Ohr und merke, wie mir die Müdigkeit

---

**Asleep already?** Schläfst du schon?
**why are you calling** warum rufst du an
**way past** *hier:* lange nach
**at Tom's place** bei Tom
**weird** unheimlich; seltsam
**all the time** die ganze Zeit

die Lider schwer macht. Ich strecke mich und spüre meine Knochen und Muskeln, die an diesem Wochenende Höchstleistung gebracht haben.
"**Didn't you notice anything**?", fragt Mehmet.
"**No idea**!", sage ich. "Lisa had her hair in **curlers**?"
"Go on!"
"Dennis had **odd socks** on?"
"Come on, Lars. Just remember. You looked at the garden too, didn't you?"
"Stop it, Mehmet. **Don't wind me up**."
"Just think!"
"Tom's father **bent over** the **vegetable patch** and showed his red **underpants**."
"Lars!"
"There were some **storks** sitting in the garden waiting for the rabbits to **run away** so they could eat them. Because they'd eaten all the frogs and were **still** hungry."



---

**Didn't you notice anything?** Hast du nichts bemerkt?
**No idea.** Keine Ahnung.
**curlers** Lockenwickler
**odd socks** unterschiedliche Socken
**Don't wind me up.** Nerv mich nicht.
**bent over** hat sich nach vorn gebeugt
**vegetable patch** Gemüsegarten
**underpants** Unterhose
**storks** Störche
**run away** weglaufen
**still** *hier:* immer noch

"You seem to be going crazy, but you are getting **closer**", sagt Mehmet. "Think about the rabbits!"
"And?", frage ich. "What about them? Did Tom's mother put them in the **oven**?"
"Did you see them?"
"They were in the cage, like they always are."
Eine kurze Pause im Hörer, dann sagt Mehmet: "I didn't see any rabbits. Not this time."
"Exactly!", sage ich. "Then they were **underground**. They'**ve dug themselves holes** to hide in. That's what they **often** do."
"When we left, **it was starting** to **get** dark", sagt Mehmet. "And the last time we were at Tom's it also started to get dark. On Friday, before the tournament, remember? "
"Yes."
"And do you remember how they **ran** around like crazy last time?"
"They **raged** in their cage. Right."



---

**closer** näher
**oven** Backofen
**underground** unter der Erde
**(have) dug themselves** (haben) sich gegraben
**holes** Löcher; *hier:* ein Bau
**often** häufig
**it was starting** es fing an
**get** *hier:* werden
**ran** sind gerannt
**raged** haben getobt

"And today?"
"Absolutely nothing. No rabbits. Look, Mehmet, what do you **mean**?"
"What did we learn in Biology about rabbits? What are they?"
"Mehmet, are you **mad**? It's Sunday evening and I'm tired. I don't want to **take part** in a quiz and I don't need a Biology lesson either. Tell me what you're thinking. I want to go to sleep."
"Rabbits are **twilight-active**. They run around when it starts getting dark. **Ever heard** of that?"
Ich gebe einen Seufzer von mir.
"Twilight-active. You get moving **too** when it starts getting dark. Twilight-active. **Get off my back.** I want to sleep."
"But what about my **discovery**?"
"Good night, Mehmet."
"Lars, please wait. You don't mean to tell me that you didn't notice a thing, do you? We didn't see the rabbits **although** it started getting dark and rabbits



---

**mean** meinst
**mad** verrückt
**take part** teilnehmen
**twilight-active** dämmerungsaktiv
**ever heard** je gehört
**too** auch
**Get off my back.** Lass mich in Ruhe.
**discovery** Entdeckung
**although** obwohl

go crazy when it starts getting dark. **Something's definitely wrong** here."
Ich atme tief durch und denke kurz nach. Mehmet hat ja nicht ganz unrecht. Die Kaninchen hätten wir schon sehen müssen. Haben wir aber nicht. Warum?
"They probably had something **delicious** to eat or they were watching TV down there."
"You're **hopeless**. Tomorrow I'm going to talk to Tom about the rabbits", sagt Mehmet abschließend. "I just didn't want to keep this **to myself**. Understand?"
"Yes. Understood", sage ich.
Obwohl ich gar nichts kapiere. Aber ich will jetzt kein längeres Telefonat mehr führen und sage alles, was Mehmet hören will, nur damit er mich endlich in Ruhe lässt.
"Good night!", wiederhole ich. "See you at school tomorrow."
"Good night", sagt Mehmet. "And – hey ...!"
Beinahe schon auf die rote Taste gedrückt, halte ich den Hörer nochmal ans Ohr. "What?", frage ich.
"You can believe me or not, but there's something



---

**something's definitely wrong** etwas ist definitiv nicht in Ordnung
**delicious** lecker
**hopeless** hoffnungslos
**to myself** für mich

**odd** about all this!", sagt Mehmet. "I have a really strange feeling."

Am nächsten Tag in der großen Pause will Mehmet, dass ich mit ihm zu Tom gehe, damit wir uns nach den Kaninchen erkundigen.
Tom ist immer noch keiner besseren Laune. Er steht auf dem Hof verloren und einsam und kaut missmutig auf seinem Pausenbrot herum.
"Hi, Tom!"
Mehmet versucht so normal wie möglich zu klingen und klopft Tom aufmunternd auf die Schultern.
"How are you?", frage ich. "**My muscles are aching**. And the final already seems like a long time ago. Life goes on. Doesn't it?"
Tom kaut immer noch auf seinem Brot und guckt dabei in die Ferne, in den Wald, der gleich neben der Schule beginnt. Er sagt nichts.
"Listen", versucht Mehmet das Gespräch in Gang zu halten. "Yesterday, when we were at your house ... I mean, it started getting dark and by the time we left it was **almost** dark. So **suddenly I realized** that the cage ... I mean, your rabbits, where were they?



---

**odd** seltsam
**My muscles are aching.** Ich habe Muskelkater.
**almost** fast
**suddenly** plötzlich
**I realized** ist es mir bewusst geworden

Usually they're so loud at that time of day that you can't hear yourself speak."
Ich beobachte, dass Tom mit dem Kauen kurz aufhört. Sein Blick aber ist weiter auf den Waldrand gerichtet.
"Where were your rabbits?", fragt Mehmet noch einmal.
"Where do you think?", entgegnet Tom endlich.
"It's just … we realized that they **didn't show up**", sage ich.
Tom zuckt kurz mit den Schultern und kaut dann weiter. "They were probably underground in their **burrow**", sagt er. "They stay there for hours sometimes."
"What about when it starts getting dark?" Mehmet lässt nicht locker. "That's usually the time when they get so active and noisy."
"Stop it!", braust da Tom auf. "Get off my back about the rabbits. **I don't care** where they were."
"It's okay – okay!" Mehmet macht einen Schritt zurück und hebt beschwichtigend die Hände. "I just asked because I was **interested**."
Der Pausengong schickt uns wieder ins Klassenzimmer. Tom hat es ziemlich eilig, in den Unterricht zu



---

**didn't show up** nicht aufgetaucht sind
**burrow** Bau
**I don't care** es ist mir egal
**interested** (daran) interessiert

kommen, während Mehmet und ich ihm gemächlich hinterhertrotten. Mehmet stupst mich von der Seite an und macht vielsagende Grimassen, die mir mitteilen sollen, dass etwas nicht stimmen würde mit Tom und seinen Worten.

Als Tom dann außer Hörweite ist und auch unseren Blicken entschwunden, spricht es Mehmet aus.

"Didn't I tell you? Something's wrong. Did you see?"

"What do you mean?", frage ich.

"I mean the way he **reacted**. And the rabbits."

"He said they were in the burrow."

"I don't believe that. **There's no way** they were in the burrow", sagt Mehmet mit überzeugter Miene. "I have a **suspicion** and I have a plan."

Bevor wir ins Schulgebäude gehen, hält mich Mehmet zurück, um mir seinen Plan zu schildern. Er will der Sache auf den Grund gehen. Er beugt seinen Kopf zu mir herüber und flüstert mir ins Ohr.

"What do you want to do?", frage ich ihn erstaunt, nachdem er mich seinen Plan hat wissen lassen. "You must be even crazier than I **thought**."

"But don't you understand?", sagt Mehmet. "That's the only way to **find out**."



---

**reacted** reagiert hat
**there's no way** *hier:* auf gar keinen Fall
**suspicion** Verdacht
**thought** habe gedacht
**find out** herausfinden

# Dämmerungsaktiv

Ich habe keine Ahnung, wie ich mich aus dem Haus schleichen soll. Den ganzen Nachmittag habe ich überlegt und den ganzen Abend auch. Dabei sind die Bedingungen fürs Aus-dem-Haus-Schleichen ideal. Wir wohnen in einem Bungalow und ich bräuchte nur aus dem Fenster zu steigen.

Trotzdem sehe ich keine Möglichkeit. Oder ich will sie nicht sehen, weil ich Angst habe.

Ich habe Angst, meine Eltern könnten ins Zimmer schauen und merken, dass ich nicht im Bett liege. Dass ich im Garten Geräusche mache, davor habe ich auch Angst. Dass mein Vater auf die Geräusche aufmerksam wird und nachsieht und mich dann im Garten erwischt, wie ich mich davonschleichen möchte.



Was soll ich nur tun?

In zwei Stunden, genau um Mitternacht, erwartet mich Mehmet an der kleinen Kreuzung zwei Straßen vor Toms Haus. Er wollte unbedingt, dass ich ihn begleite. Dunkle Kleidung sollte ich anziehen, dann würde man uns in der Nacht nicht so gut sehen.

Aber eigentlich brauche ich mich gar nicht zu fragen, was ich tun soll. Ich habe Mehmet versprochen, mit von der Partie zu sein, also werde ich mich aus dem Haus schleichen. Den Rollladen habe ich vorsorglich sowieso gleich oben gelassen, damit ich keine verdächtigen Geräusche mache.

Bis Mitternacht wach zu bleiben, das schaffe ich nicht. Ich nehme mir den Wecker und stelle ihn auf kurz vor zwölf.
Ich bin zwar schrecklich müde, schlafen kann ich aber trotzdem nicht. Die Aufregung ist einfach zu groß. So verbringe ich die Zeit in einem quälenden Wachzustand und bin froh, als es endlich Zeit ist aufzustehen.
Ich stelle den Wecker aus, bevor er klingelt und gleite geräuschlos in dunkler Jeans und dunklem T-Shirt durchs Fenster. Fahles Mondlicht leuchtet mir den Weg. Geduckt husche ich ums Haus, an den Johannisbeersträuchern vorbei zu den Fahrrädern und an der Mülltonne vorbei über den Zaun. Ich meide die Gartentür, deren Scharniere jämmerlich quietschen und längst mal geölt werden müssten.
Plötzlich fährt mir ein Riesenschreck in die Glieder. Eben noch im fahlen Mondschein, bin ich mit einem Mal in grelles Licht getaucht.
Mein erster Gedanke: Ich bin ertappt. Suchscheinwerfer haben mich, den Flüchtigen, erfasst. In der nächsten Sekunde wird mein Vater in der Haustür stehen und mich fragen, was das soll.
Erst mein zweiter Gedanke ist der richtige. Ich habe den Bewegungsmelder ausgelöst. Da hilft kein Ducken und kein Schleichen. Das Licht geht auch an, wenn ein Fuchs im Garten ist oder eine Katze.
Auf der Straße dann bringe ich so schnell wie mög-

lich Abstand zwischen mich und unser Haus. Und ich hoffe, dass ich auf keinen neunmalklugen Erwachsenen stoße, der meint mich darauf aufmerksam machen zu müssen, dass ich so spät nicht mehr alleine auf der Straße sein sollte. Ich merke, wie ich anfange, instinktiv auf Zehenspitzen zu gehen, um mich ein paar Zentimeter größer zu machen.
Aber ich mache mir umsonst Sorgen. Montagabend in unserem Kaff, da liegen die meisten schon in ihren Betten und die wenigen, die noch auf sind, hocken vor der Glotze.
Keine Gefahr von nirgends. Grillen höre ich aus den Gärten, und von irgendwoher, vermutlich aus einem der Gartenteiche, kommt das aufdringliche Quaken eines Frosches.



Einmal noch ums Eck und schon die nächste Kreuzung ist unser Treffpunkt. Mehmet ist nicht zu übersehen, weil er nach wie vor sein hellblaues T-Shirt anhat. Typisch Mehmet. Spuckt mir gegenüber große Töne, schärft mir ein, dass ich mich zur Tarnung unbedingt dunkel kleiden müsste, und er selber kommt daher wie ein Glühwürmchen.
"Why **didn't you put** dark clothes on?", frage ich vorwurfsvoll. "Everybody can see you **from ten kilometres away**."

---

**didn't you put (on)** hast du nicht angezogen
**from ten kilometres away** aus zehn Kilometern Entfernung

"My dark clothes are hanging up to dry", sagt er. "It'll be fine like this." Er klopft mir auf die Schulter und im Mondlicht erkenne ich sein Lachen. "But you are very well **disguised**. I can't see you even when **you're standing right** next to me."
"That's because I'm not there. You're talking to yourself and **imagining** it's me."
Wir sind unterwegs zu Tom. Nicht, dass wir ihn besuchen wollten, nein, wir haben anderes vor.
Keine fünf Minuten später stehen wir vor seinem Haus.
"**Motion detectors**", sage ich nur. Ich bin gewarnt von mir zu Hause und weiß, dass auch bei Tom so ein Ding nur darauf wartet, dass jemand im Garten herumkriecht.
"**Good point**!", flüstert Mehmet. "Respect – you're **obviously** an **experienced burglar**. I know why I asked you to come with me."
"Ha ha, very **funny**. Let's go!"



---

**disguised** verkleidet
**you're standing** du stehst
**right** *hier:* direkt
**(you're) imagining** (du) bildest dir ein
**motion detectors** Bewegungsmelder
**Good point.** Stimmt.
**obviously** offensichtlich
**experienced** erfahren
**burglar** Einbrecher
**funny** lustig

Ich schiebe Mehmet an der Gartentür vorbei, um ein paar Meter weiter über den Zaun zu klettern, dort, wo man im Schutze eines kleinen Wäldchens hinter das Haus gelangen kann.
Mehmet überwindet das Hindernis mit der gleichen Eleganz und Leichtigkeit, die ich bei ihm immer auf dem Fußballplatz bewundere. Er ist durch und durch Athlet.
Wir durchqueren das kleine Wäldchen in Toms Garten, setzen dabei vorsichtig einen Fuß vor den anderen, aus Angst, auf einen Ast zu steigen oder zu stolpern und dabei auffällige Geräusche zu produzieren.
Im Schutze des letzten Baumes verharren wir für Sekunden, schauen auf die Hauswände, ob womöglich irgendwo ein Licht angeht oder ob die Scheiben dunkel bleiben.
"Let's go!", flüstert mir Mehmet zu. "**Nobody's up**. They're all asleep inside. Tom's father has to get up very early. **The coast is clear.**"
Er wartet keine Antwort ab, sondern huscht auf Zehenspitzen die Hauswand entlang. Am Hauseck, hinter dem die Terrasse beginnt, dreht er sich nach mir um und winkt.
"Come on", zischt er.
Mit flauem Gefühl im Magen folge ich ihm. Als



**Nobody's up.** Keiner ist wach.
**The coast is clear.** Die Luft ist rein.

ich bei ihm angelangt bin, gehen wir auf die Terrasse.
"There!", flüstert mir Mehmet zu und zeigt auf das Gehege. "There they are."
Und nach einer kurzen Pause fügt er noch hinzu: "Probably."
Fünf Schritte ungefähr von der Terrasse zum Gehege und ich merke, wie mir die Angst immer mehr in die Glieder fährt. Meine Blicke gehen nach hinten zum Haus, hoch zu Toms Fenster.
Wenn uns nun jemand entdeckt?
Seine Eltern?
Nicht auszudenken!
Als ich auch das Nachbarhaus genauer in Augenschein nehme, höre ich hinter mir Mehmet am Gehege hantieren.
Blitzschnell drehe ich mich wieder um.
"What are you doing?", zische ich und sehe, wie er das obere Gitter abnimmt, das zum einen verhindern soll, dass die Kaninchen abhauen und zum anderen, dass der Fuchs sie holt, oder der Marder.
"I need to know for sure whether the rabbits are in there. That's why we **came** here. I **told** you."
Im Schein des Mondes sehe ich, wie Mehmet ins Gehege steigt und mit der Taschenlampe, die er aus



---

**came** sind gekommen
**told** habe gesagt

seiner Hosentasche gezaubert hat, in den Stall leuchtet.
"Empty!", höre ich ihn.
Da legt er sich auf den Boden und greift mit der rechten Hand in eines der Löcher, durch die die Tiere in ihr unterirdisches Reich gelangen können.
Mehmets Arm verschwindet bis zur Schulter unter der Erde.
"That's **damn deep**", flüstert er. "No arm in the world is long enough to **check everything** down there."
Er zieht seinen Arm aus dem Loch und richtet sich im Gehege auf. Er wirkt vollkommen gefasst und ruhig, kein Anzeichen von Nervosität. Er konzentriert sich und denkt nach, während meine ängstlichen Blicke immer wieder über die Häuserfassade wandern.
"**Now what?**", flüstere ich. "Come on, let's go **home**. The rabbits aren't there. Probably a fox **got** them, or a **marten**."



---

**damn** verdammt
**deep** tief
**check** kontrollieren
**everything** alles
**Now what?** Und jetzt?
**home** nach Hause
**got** hat gekriegt
**marten** Marder

"We need something to **lure** them out of their burrow", sagt Mehmet. "But what?"
"Come on! **Let's get out of here**."
"Wait a minute!"
Ich sehe, wie Mehmet die Hand hebt und weiter nachdenkt.
"We need to know for sure whether the rabbits are there or not. If we go now we can't be sure."
Er denkt weiter nach, und es juckt ihn nicht, dass ich dabei schier wahnsinnig werde.
"I've got it!", höre ich Mehmet dann. "The garden **hose**!"
"The garden hose?", frage ich. "What do you want that for?"
Mehmet steigt aus dem Gehege und geht an die Hauswand, wo hinter der Gieskanne, ordentlich aufgeräumt, die Schlauchtrommel steht; das weiß ich von den Nachmittagen, an denen wir bei Tom waren. Denn um zu sehen, was Mehmet macht, dazu ist es dort an der Hauswand zu dunkel. Aber ich höre, was er tut. Plätschern höre ich es und dann das Drehen der Schlauchtrommel. Mehmet kommt mit dem Schlauch wieder ins Mondlicht und ich sehe, wie aus dem Schlauch vorne das Wasser spritzt.

---

**lure** locken
**Let's get out of here.** Raus hier.
**hose** Schlauch

"Are you crazy?", frage ich. "What do you want to do?"
"In less than a minute we'll know for sure whether the rabbits are down there or not", antwortet er und ich sehe, wie Mehmet wieder ins Gehege steigt und die Spitze des Schlauches in das Loch schiebt, in das er vorhin noch seinen Arm gesteckt hat.
Danach kommt er in aller Seelenruhe zu mir spaziert und stellt sich zu mir. Wie ein Heizöllieferant, der wartet, bis der Tank voll ist. Der richtige Augenblick für eine Zigarette, denke ich, wenn Mehmet erwachsen wäre und Raucher.

"You want to **drown** them?", frage ich vorwurfsvoll.
"Don't be afraid. They'll come out before they drown. And if they don't, they're not there. Which would mean that Tom **lied to us**."
Wir warten ein paar Minuten. Dann legt sich Mehmet wieder flach auf die Erde und greift mit der Hand in das Loch. Weit aber steckt er seinen Arm nicht hinein, da sagt er: "No rabbits underground. I'll **bet** on that. The water has almost **filled** the burrow and there are no rabbits. That's for sure."
Er geht zum Haus, stellt das Wasser ab und wickelt den Schlauch wieder auf die Trommel, während ich das Gitter über dem Gehege befestige.
Lautlos machen wir uns aus dem Staub. Den gleichen Weg, wie wir gekommen sind. Am Haus entlang, durch das Wäldchen, über den Zaun auf die Straße. Wenig später an der Kreuzung trennen sich unsere Wege und nach wenigen Minuten liege ich wieder in meinem Bett. Wohltuend merke ich, wie ich mich beruhige. Mein Herzschlag wird normal und die Müdigkeit senkt sich über mich.
Dann schlafe ich ein.



---

**drown** ertränken
**lied to us** hat uns angelogen
**bet** wetten
**(has) filled** (hat) gefüllt

# Ein erster Verdacht

Am nächsten Morgen eiere ich auf meinem Fahrrad unendlich müde in Richtung Schulgebäude. Am Haupteingang fängt mich Mehmet ab. Er muss auf mich gewartet haben.

"My God, what do you look like!"

"Why do you ask?", brumme ich und schiebe das Rad zu den Fahrradständern. Mehmet weicht mir nicht von der Seite.

"Because feeling good looks **different**. Have you been **up** all night? Or were you hanging around your neighbour's garden all night, **by any chance**?"



"Very funny. Why are you on such good form?"

"I'm a detective now, or had you forgotten? **Tiredness** is a detective's worst enemy. Detectives are always **alert**. They can't **allow** themselves to get tired."

"Okay!"

Gemeinsam mit Ermittler Mehmet gehe ich ins Schulhaus und schlendere in aller Ruhe die Treppe zu unserem Klassenzimmer nach oben. Wir haben

---

**different** anders
**up** *hier:* wach
**by any chance** zufällig
**tiredness** Müdigkeit
**alert** wachsam
**allow** erlauben

noch eine Viertelstunde bis zum Unterricht. Angesichts der allgemeinen Morgenhektik in der Schule ist das eine Ewigkeit. Kein Grund zur Eile. Während wir von vielen eiligen Schülern überholt werden, verlieren wir nicht die Ruhe.

"I think we should tell Dennis about our plan", sagt Ermittler Mehmet. "It **concerns** him as much as it does us."

"If you think so."

"Absolutely. **Besides**, he's in our team."

"But what have the rabbits got to do with the team?", frage ich verdutzt.

"Oh, Lars, don't be **daft**." Mehmet bleibt auf halber Höhe der Treppe stehen und schaut mich ernst an.

"The disappearing rabbits and us losing the match obviously have something to do with **one another**", sagt er. "That's clear, **isn't it?**"

"Why do you think so?", frage ich und gehe mit langsamen Schritten weiter die Treppe hoch. Mehmet folgt mir.

"That's my **striker instinct**. And my instinct as a detective."



---

**concerns** betrifft
**besides** außerdem
**daft** doof
**one another** einander
**… , isn't it?** ..., nicht wahr?
**striker instinct** Stürmerinstinkt

"Okay, yeah!", sage ich und lache. "All right!"
Typisch Mehmet, denke ich. Immer schön größenwahnsinnig. Auf dem Platz und auch sonst im Leben. Aber solange er die Tore schießt, ist so ein gesundes Selbstbewusstsein in Ordnung. Wegen mir soll er seinen Torinstinkt im zivilen Leben haben.
Wir stehen vor dem Klassenzimmer und bevor es uns mit seiner Schulroutine verschluckt, tippt mir Mehmet mit dem Zeigefinger gegen die Brust und sagt: "There is a **connection**! I can feel it! During break we'll tell Dennis and together we'll come up with a strategy."
"If you say so, Detective Mehmet!", antworte ich und betrete den Raum, in dem die nächsten fünfundvierzig Minuten die Zahlen der Mathematik mein Leben bestimmen werden.



In der Pause gibt Mehmet Dennis gleich zu verstehen, dass er ihn unbedingt sprechen muss. Er nimmt ihn am Arm und bugsiert ihn auf dem Pausenhof ins hintere Eck zu den Büschen. Und wo Dennis ist, da ist auch Lisa. Sie folgt uns und hört, wie Mehmet sagt: "The rabbits **have gone**."
Dann schweigt er und lässt die Worte einwirken. Er tut, als hätte er die Formel für das ewige Leben ver-

---

**connection** Verbindung
**have gone** sind weg

kündet. Mit bedeutungsvollen Blicken sieht er abwechselnd Dennis und Lisa in die Augen und verzieht den Mund zu einem Grinsen.
"Aha!", macht Dennis irgendwann, als er merkt, dass von Mehmet nicht mehr kommt. "The rabbits have gone. **Sounds interesting**, but **what's that supposed to** tell us? Is it **secret code** for a **hidden** bomb in the school?"
"Jesus, Dennis!", braust da Mehmet auf. "**Don't you get it?**"
"The rabbits have gone!", wiederholt Dennis ruhig. "That's not hard to understand. It means that the rabbits that **used to be** there aren't there any more."
"Bingo!"
Dennis verzieht das Gesicht und schaut fragend seine Schwester an. "The defeat must **have got to him**. I have no idea what he's trying to tell us."
"What are you talking about, Mehmet?", will Lisa wissen.
Mehmet ist genervt. Er versteht gar nicht, wie man so schwer von Begriff sein kann.



---

**sounds** klingt
**interesting** interessant
**what's that supposed to** was soll das
**secret code** Geheimcode
**hidden** versteckt
**Don't you get it?** Kapierst du nicht?
**used to be** waren (früher)
**have got to him** *etwa:* ihn ziemlich getroffen haben

"Are you just **pretending** to be stupid?"
"No, we probably are", sagt Dennis.
"Tom's rabbits", schalte ich mich ein. Ich halte dieses Verwirrspiel nicht länger aus. "Mehmet is talking about Tom's rabbits."
"I see!", macht da Dennis.
"Exactly. Tom's rabbits. That's what I'm talking about", sagt Mehmet mit allem Nachdruck. "Didn't you notice that they weren't in their cage the day before yesterday, when we visited Tom after the final?"
Dennis zuckt die Achseln. "They'd probably hidden in their burrow."
"They've dug themselves a whole **maze of tunnels**", sagt Lisa. "That's where they often are."
"But not when it starts getting dark."
"Why not?"
"Rabbits are twilight-active, did you forget?"
"Yeah, forgot", sagt Dennis, macht aber ein komisches Gesicht. "I mean: I've never heard of it."
Und da rückt Mehmet endlich mit der Sprache raus. Er erzählt von unserer nächtlichen Aktion, die den Beweis erbracht hat, dass die Kaninchen definitiv nicht in ihrem Gehege sind, obwohl es Tom aber behauptet.
"We should ask him where the rabbits are", schließt Mehmet seinen Bericht.



---

**(are you) pretending** gebt ihr vor
**maze of tunnels** Tunnellabyrinth

Lisa kann es erst mal gar nicht glauben, was wir gemacht haben.
"You **sneaked** into Tom's garden last night? And filled the burrow with water?", fragt sie fassungslos.
"We had to", sage ich. "**Otherwise** we wouldn't have known for sure."
"And Tom still **maintains** that the rabbits are in their cage", sagt Dennis jetzt mit nachdenklicher Stimme. Er kratzt sich am Kinn.
"He does", sagt Mehmet. "He **claims** that they're in their burrow if they can't be seen in the cage or the **hutch**."
"But that's really strange", meint Dennis. "If you think how much Tom loves his rabbits. And if it's really **true** that they've gone and he still **insists** they're there, then it really **makes you wonder**."
"I think so too!", sagt Mehmet nachdrücklich. "And you know what **conclusion** I came to?"
Mehmet macht eine bedeutungsvolle Pause und mustert der Reihe nach unsere Gesichter.



---

**sneaked** habt euch geschlichen
**otherwise** ansonsten
**maintains** beteuert
**claims** behauptet
**hutch** Kaninchenstall
**true** wahr
**insists** besteht darauf
**(it) makes you wonder** ist (es) sehr verwunderlich
**conclusion** Schluss

"You're going to tell us, **hopefully**", bemerke ich.

"Think for yourselves", meint er. "I'll give you a **hint**. It has something to do with the easy balls he didn't catch. Now think. We all know that Tom's crazy about his rabbits. He insists they're in the hutch although it's not true. On the **pitch** he acts very oddly and lets the easiest balls in."

"They were **kidnapped**!", platzt es da aus Lisa heraus und sie schnippt bedeutungsvoll mit den Fingern. "Kidnapped to **blackmail** Tom!"

Mehmet nickt langsam.

"Exactly. That's what I think."

Dennis macht ein sehr ernstes Gesicht. Er steckt die Hände in die Hosentaschen und zieht die Schultern nach oben.

"That would **explain** Tom's bad **performance** in the final: he had to let balls in or something bad **might have happened** to his rabbits."

Ich merke, wie mich diese Erkenntnis gefangen nimmt. Das wäre allerdings eine plausible Erklärung für Toms Aussetzer. Aufregung steigt in mir auf.



---

**hopefully** hoffentlich
**hint** Hinweis
**pitch** Spielfeld
**kidnapped** entführt
**blackmail** erpressen
**explain** erklären
**performance** Leistung
**might have happened** hätte passieren können

"But who would do such a horrible thing?", frage ich.
"Somebody from the Red Dragons", sagt Dennis.
"Marc!", behauptet Lisa geradeheraus. "I **wouldn't put anything past him**."
Der Pausengong schickt uns wieder ins Schulgebäude. Als wir seinem Ruf mit langsamen Schritten folgen und über den Hof gehen, sagt Dennis: "We have to **make** Tom talk. But where is he?"
"No idea", sagt Mehmet. "We'll talk to him after school. But we have to be very **careful** with him. He's probably **worried to death about** his rabbits."
Tom abzufangen ist gar nicht so einfach. Als würde er spüren, dass Ermittler Mehmet auf eine interessante Theorie gestoßen ist, meidet er unsere Nähe. Nach dem Unterricht hat er es eilig, zu den Fahrrädern zu kommen, um sich schnell aus dem Staub zu machen. Aber wir sind zur Stelle.
Tom ist gerade dabei, sein Fahrradschloss aufzuschließen, als wir uns um ihn versammeln.
"Hi, Tom."
Er sieht auf und erschrickt darüber, uns alle plötzlich neben sich zu sehen.



---

**wouldn't put anything past him** würde ihm alles zutrauen
**make** *hier:* zwingen
**careful** vorsichtig
**(is) worried to death about** (hat) eine furchtbare Angst um

“How are you?”, fragt Dennis.
“Thanks for asking”, antwortet Tom. “I still feel bad about the match.”
“Sure”, sagt Mehmet und klopft ihm auf die Schulter. “We feel **the same**.”
“And otherwise?”, fragt Dennis. “How are your rabbits?”
Tom legt das Schloss um die Sattelstange und schiebt das Rad aus dem Ständer.
“No idea”, sagt er. “They’re probably just having lunch.”
“And what are they eating, and where?”, frage ich.
“What’s that supposed to mean?”

“Where are the rabbits eating their **meal**?”, fragt Lisa.
“In their hutch, **I suppose**.”
“Where they usually are? Last night, **for instance**?”, fragt Mehmet.
Tom schiebt sein Rad ein Stück und wir beobachten, wie sich sein Gesichtsausdruck verändert. Er wirkt gehetzt, in die Enge getrieben.
“Why are you asking stupid questions about my rabbits again?”
Er wendet sich an Mehmet.

---

**the same** dasselbe; genauso
**meal** Essen
**I suppose** nehme ich an
**for instance** zum Beispiel

"I told you yesterday that they're in their cage. And when you can't see them, they're in their burrow."
"Have you seen them this morning?", will ich wissen.
"Sure. I **fed** them before I **went** to school. I always do."
"Did they look wet?", fragt Dennis. "Or like they'd been swimming?"
Tom macht ein ungläubiges Gesicht und schüttelt den Kopf.
"Don't be stupid. Have you **lost your mind**, or what?"
Er will sich schon auf sein Rad schwingen und sich aus dem Staub machen, als Mehmet beherzt sein Fahrrad am Gepäckträger festhält.
"Tom, we have to talk to you", sagt er. "About the match, and about your rabbits, who unfortunately are not in their cage and not in their burrow either!"
"And **you're behaving** so strangely", sage ich. "It all started before the final."
Ohne Gegenwehr lässt sich Tom aufhalten und hört sich mit großen Augen und Ohren an, was Mehmet in Sachen Kaninchenbau und Gartenschlauch so erzählt. Und danach sieht er ein, dass er nicht mehr behaupten kann, dass seine Kaninchen im Gehege sind.



---

**fed** habe gefüttert
**went** bin gegangen
**lost your mind** den Verstand verloren
**you're behaving** du benimmst dich

# Toms Beichte

Während Tom sein Rad schiebt, begleiten wir ihn zu Fuß bis zum Park gleich neben der Schule. Dort setzen wir uns auf eine Bank und reden mit ihm.

"It all started on Saturday evening", fängt Tom an zu erzählen, "when the final **got postponed** to Sunday. You were at my place until it started to rain **less**, and then later in the evening I went to **look after** the rabbits – and they were gone. It was just starting to get dark, which is usually their most active time. And when I **searched** their hutch for them I **found** a letter."



"Do you have the letter with you?", frage ich ihn.

"Yes."

Tom geht zu seinem Rucksack und kramt in einem der Seitenfächer herum. Es dauert eine Weile, bis er ein Kuvert herauszieht und aus dem Kuvert einen zusammengefalteten Zettel. Acht Hände grabschen gleichzeitig nach dem Zettel, meine sind die schnellsten. Ich falte den Brief auseinander, während sich Dennis, Mehmet und Lisa neben mich stellen und ihre Blicke auf die Zeilen heften.

---

**got postponed** wurde verschoben
**less** weniger
**look after** aufpassen auf
**searched** habe durchsucht
**found** habe gefunden

Und das lesen wir:

*Wenn morgen im Endspiel die Roten Drachen nicht siegen, werden deine Kaninchen als leckerer Braten im Backofen landen. Das passiert auch, wenn dieser Brief in die Hände der Polizei fallen sollte. Sorge dafür, dass die Weißen Tiger verlieren, und deine Tierchen werden in den nächsten Tagen wieder in deinem Garten herumhoppeln.*

"That's unbelievable", zischt Dennis. "That's really serious blackmail … Tom, you should have told us!"
"But how? They would have killed my rabbits!"
"It's so **mean**", zischt Lisa.
"Such a dirty trick!", entfährt es Mehmet. "That explains everything. Believe me – we do understand. Nobody **blames you** for the two goals!"
"These pigs!", schimpft Tom. "I'm sure it was all Marc's idea."
"But how can we **prove** it?", fragt Lisa.
Mehmet nimmt mir jetzt in aller Seelenruhe den Brief aus der Hand und liest ihn noch mal.
"Let's see what we can do", sagt er und kratzt sich wie ein erfahrener Ermittler mit einer Hand das Kinn.



---

**mean** gemein
**blames you** macht dir Vorwürfe
**prove** beweisen

"First of all, we have to find the rabbits", sagt Dennis. "The letter and finding the rabbits at the house of one of the Red Dragons' players would prove that the final was not played under **regular circumstances**."
"That's right", sage ich. "The game will be **annulled** and we'll have to **have a rematch**. That's what they do with all **important** games if something goes wrong."
"And then you'll **sweep** the Red Dragons off the pitch!", tönt Lisa.
Da hebt Dennis ein bisschen gebieterisch die Hand und nickt dazu. "We have to plan systematically", sagt er und macht eine bedeutungsvolle Pause, während wir ihn erwartungsvoll mustern. Dann schnippt er mit den Fingern und fährt fort: "Tom, who knows about you and your rabbits? If the letter was by one of the Dragons, this person would have to know that you **own** rabbits and that you'd do **anything** to keep them."



---

**regular** normal
**circumstances** Umstände
**annulled** annulliert
**have a rematch** das Spiel wiederholen
**important** wichtig
**sweep** fegen
**own** besitzst
**anything** *hier:* alles

Tom nickt und denkt nach.
“I already thought of that!”, sagt er. “But I didn’t come to a conclusion. I don’t know any of the Red Dragons.”
Seit Tom mit der Wahrheit herausgerückt ist, ist er wieder ein Stück weit der Alte geworden. Das Geständnis hat ihm gutgetan. Das ist nicht zu übersehen. In seinen Augen ist wieder Glanz und Leben.
“I don’t think we need to think very long about who could have done it. Who’d do such a thing?”, fragt Mehmet.
“Marc!”, sagen Lisa, Dennis und ich wie aus einem Mund.
Mehmet nickt.
“Right. Marc. And probably Nico and Charly, too. One of those three is **responsible**. Kidnapping poor **little bunny rabbits** is **just their style**. And they **were mouthing off** before the final, saying that our goalkeeper wouldn’t help us, remember?”
“But how do we prove that?”, fragt Lisa. “Shouldn’t we ask the **police**?”
“Not the police!”, sagt Tom wie aus der Pistole ge-



---

**responsible** verantwortlich
**little** kleine
**bunny rabbits** Häschen
**just their style** genau ihr Stil
**were mouthing off** haben geprahlt
**police** Polizei

schossen. “I don’t want anything to happen to my rabbits!”

Dennis nickt wieder einmal nachdenklich vor sich hin. “There’s no other way: we have to **hunt them down** and prove them **guilty** of kidnapping”, sagt er dann. “We’ll have to **pay a visit** to Marc, Nico, and Charly and **risk** taking a look in their gardens to find out if the rabbits are there! That’s the first **step**. I don’t have any other ideas; we just have to catch them.”

“You’re right”, sage ich. “Only Marc and his friends could have kidnapped the rabbits. They were so **impressed** by Tom’s goalkeeping **skills** that they were afraid they’d lose the final. So they **took advantage of** the match being postponed and kidnapped Tom’s rabbits.”



Lisa nickt mit großen Augen. “Yes, that’s how it must have been.”

Wir einigen uns darauf, dass wir die Sache selbst in die Hand nehmen müssen, um Marc und seine Komplizen zu überführen.

---

**hunt them down** sie zur Strecke bringen
**guilty** schuldig
**pay a visit** einen Besuch abstatten
**risk** riskieren
**step** Schritt
**impressed** beeindruckt
**skills** Fertigkeiten
**took advantage of** haben ausgenutzt

Dennis und Lisa leben in Waindling, wo die Schule der Roten Drachen ist. Sie wollen ausfindig machen, wo Marc und seine Freunde wohnen und dann werden wir ihnen einen Besuch abstatten. Das heißt, eigentlich wollen wir nur ihre Gärten genauer unter die Lupe nehmen.
Tom versprechen wir, dass wir niemandem gegenüber ein Sterbenswörtchen verlieren, um nicht das Leben seiner Lieblinge zu gefährden.
Während Dennis und seine Schwester herauszufinden versuchen, wo unsere Hauptverdächtigen wohnen, wollen Mehmet, Tom und ich die Nachforschungen auf anderen Gebieten voranbringen. Bevor wir uns trennen, um in die verschiedenen Richtungen unseren Mittagessen zuzustreben, beratschlagen Tom, Mehmet und ich, wie diese Nachforschungen aussehen könnten.
"Okay, guys. What shall we do?", fragt Tom.
"Good question", sage ich.
"We can visit the **scene of the crime** and **secure** the **tracks** of your rabbits, Tom. And then we can **compare** them to **those** of other **criminals**."



---

**scene of the crime** Tatort
**secure** sichern
**tracks** Spuren
**compare** vergleichen
**those** jene
**criminals** Verbrecher

Tom kräuselt angestrengt die Stirn, aber er schmunzelt auch dabei. Endlich, denke ich. Endlich ist er wieder auf dem Weg, voll und ganz der Alte zu werden. Es ist Mehmet und seinen schlechten Witzen zu verdanken, dass man das merkt.
"My rabbits are the **victims**, not the criminals!", schärft er Mehmet ein, der sich daraufhin mit der flachen Hand gegen die Stirn schlägt und sagt: "Right, I must have got **confused** for a minute!"
Nachdem Tom sich an der nächsten Kreuzung von uns verabschiedet hat, überlegen Mehmet und ich uns während der verbleibenden Minuten des gemeinsamen Schulweges ernsthaft, wie wir die Ermittlungen voranbringen können. Aber keiner von uns hat eine zündende Idee.
"It's difficult", gibt Mehmet zu. "And if I, the born detective, say so, then it's true, believe me. We can only wait for Dennis and Lisa to find out where our **suspects** live and then we'll go and get them."
An der Kreuzung werfen wir uns das übliche Ciao zu und drehen dann jeder in seine Richtung ab. Ich zu Lasagne, die ich schon von Weitem rieche, Mehmet zu irgendwelchen Spaghetti, die es meistens bei ihm zu Hause gibt. Mal Bolognese, mal Emiliana, mal Pesto.



---

**victims** Opfer
**confused** verwirrt
**suspects** Verdächtigen

Das Abwarten, bis Dennis und Lisa etwas herausgefunden haben, dauert ein Mittagessen lang und eine Stunde Hausaufgaben. Da ruft Dennis auch schon an. "Lisa and I found out where they live", sagt er. "All three of them. It was quite easy – we just looked them up in the **phone book**. So we can start our **investigation**. Did you get any **further**?"
"The **lab** is still working on the tracks of the rabbits", sage ich wichtigtuerisch.
"Huh?", macht da Dennis. "What do you mean?"
"That was Mehmet's joke. We shouldn't **waste** any time. Let's start **immediately**. I'll call Mehmet and Tom, then we'll come by your house, okay?"



---

**phone book** Telefonbuch
**investigation** Ermittlung
**further** weiter
**lab** Labor
**waste** verschwenden; verlieren
**immediately** sofort

"Okay!", sagt Dennis und wir legen auf.
Ich behalte das Telefon in den Händen und wähle erst Toms, dann Mehmets Nummer, und nach einer halben Stunde sitzen wir im Bus nach Waindling.
"What shall we do if one of our suspects is standing in front of his house or in the garden and sees us coming?", will Tom wissen. "Then we can't ring and ask if they have a rabbit hutch in their garden. Or what if they don't have a garden, what if they put the cage in their room?"
"We'll ask the neighbours if they **saw** somebody taking **dandelion** leaves from the garden into the house", schlägt Mehmet vor. "That's what they eat, isn't it, dandelion leaves?"
"Yes!", antwortet Tom. "They love them."
"Good idea!", sage ich. "If there are rabbits where there were no rabbits before, **we may well** find that somebody has suddenly started carrying dandelion and other things around."
Die Fahrt mit dem Bus dauert keine zwanzig Minuten. Dennis und Lisa wohnen am Ortsrand, und als wir gleich an der ersten Haltestelle aussteigen, erwarten uns die beiden schon. Jeder auf seinem Fahrrad und ein drittes hält Dennis neben sich am Lenker.



---

**saw** haben gesehen
**dandelion** Löwenzahn
**we may well** es ist gut möglich, dass wir

"Hi", grüßt Dennis. "**The journey continues**, you just have to **change** the **means of transport**."
"One bicycle for three people?", fragt Mehmet. "Bad luck for Tom and Lars."
"Come on, two on one", sagt Dennis. "I can take one of you **on the back** and the other two can take my mother's **bike**. Who wants to **share**?"
Als Antwort setze ich mich gleich einmal bei Dennis auf den Gepäckträger, während sich Tom das Rad schnappt und Mehmet hinter sich aufsitzen lässt.
"It's not **far**", sagt Lisa. "They all live on the same **housing estate**. **Turn** right at that street there, then **straight on** to the **cemetary**, then turn left and after about three **hundred** metres we're there."
"Good, let's go!", ruft Mehmet und schlägt Tom in üblicher Mehmet-Witz-Manier auf den Rücken. "Yo!"



---

**The journey continues.** Die Fahrt geht weiter.
**change** wechseln
**means of transport** Transportmittel
**on the back** hinten
**bike** Rad
**share** teilen
**far** weit
**housing estate** Wohnsiedlung
**turn** abbiegen
**straight on** geradeaus
**cemetary** Friedhof
**hundred** hundert

# Den Kaninchen auf der Spur

Es ist weiter, als ich nach Lisas Schilderung geglaubt habe. Meinem Hintern ist es eindeutig zu weit. Er schmerzt. Das Drahtgeflecht des Gepäckträgers drückt sich unsanft in mein Gesäß. Mehmets Hintern ist es auch zu weit.
“A break, please!”, brüllt er. “I’m **finished**, my **bum** really hurts!”
“We’ll be there in a minute”, ruft uns Lisa über die Schulter zu. “That’s Schmidtstraße right **over there**. That’s where they live.”
“All in the same street?”, frage ich.
“Yes!”, sagt Dennis und hält zu meiner Erleichterung an. Sofort steige ich ab und massiere mir den Hintern.
“We have to think about what to do next”, sagt Dennis. “What’s the right thing to do when we’re standing in front of the house?”
“Tom and I will catch Marc and grill him”, tönt Mehmet gleich, während er sich noch den Hintern reibt. “We’ll put him in **chains**, throw him to the rabbits and feed him nothing but dandelion until he



---

**finished** *hier:* fertig
**bum** Po
**over there** da drüben
**chains** Ketten

tells us the **truth**. Lisa will take care of his mother and his brothers and sisters, if he has any. Dennis and Lars will do the rest: put Nico and Charly and their fathers in chains, take the rabbits, and off we go. Any **objections**?"

"Mehmet, can't you be serious for a change?" Lisa verdreht angestrengt die Augen.

"Okay, I'm serious now. How will we transport the rabbits after we **set them free**? Tom, did you teach them to run next to the bike? Or maybe they can inline skate?"

"If we find them we'll call for **reinforcements**, like a car", sagt Tom. "One of our parents, perhaps. Or we can call Mr Mohr."

"Yes, but what shall we do now?", will Lisa wissen. "Shall we ring first, or ask the neighbours?"

"We'll **start by inspecting** the neighbourhood", schlägt Dennis vor. "We have to be careful, as we have to **reckon with** Marc, Nico or Charly seeing us. How do we want to react if we meet them **accidentally**?"



---

**truth** Wahrheit
**objections** Einsprüche
**set them free** sie befreien
**reinforcements** Verstärkung
**start by inspecting** fangen damit an, ... zu inspizieren
**reckon with** (da)mit rechnen, (dass)
**accidentally** zufällig

"Hmmmm", sage ich. "We could just pretend we were on a bike ride. **Totally innocent**."
"It's not **forbidden** to go for a bike ride around here, is it?", meint Mehmet.
"Do they have gardens?", fragt Lisa.
"No idea", sagt Dennis. "We'll find out when we find their houses."
"If they have gardens", sage ich, "we should try to look over the **hedges**. Perhaps we'll see a cage or something like that ..."
"Exactly", sagt Tom. "And if we see the rabbits, then we'll just run away and get reinforcements. Then we've got them!"

"Let's go!", fordert Mehmet uns ungeduldig auf. "Enough talking! Let's have a look at the houses, then we'll see what to do next. We'll be **led** by my striker instinct. Hey, I'm really **excited**! I'm **actually** enjoying this detective work."
"**Off we go!**"
Ich steige wieder bei Dennis hinten aufs Rad und nach hundert Metern biegen wir in die Schmidtstra-

---

**totally** völlig
**innocent** unschuldig
**forbidden** verboten
**hedges** Hecken
**led** geführt
**excited** aufgeregt
**actually** eigentlich
**Off we go!** Los!

ße, wo wir nach den Nummern fünf, sieben und vierundzwanzig suchen.
Die Schmidtstraße beginnt mit ein paar größeren Mietshäusern, die von einer großen Grünfläche umgeben sind. Zwei von ihnen tragen die Nummern fünf und sieben.
"Neumann and Brettschneider are Nico's and Charly's **surnames**. It said so on the **line-up**", sagt Dennis, der sich offenbar noch besser vorbereitet hat, als ich bisher vermutet habe. "I **suggest** that we **split up** into two teams. Nobody'll notice us then. Each team will look at one of the houses, look for the names and look for **places** where the rabbits may be hidden."
"Good idea!", sage ich und tu mich mit Dennis zusammen, so wie schon auf dem Fahrrad, während Mehmet und Tom das andere Team bilden, dem sich Lisa anschließt.
Dennis und ich nehmen uns Haus Nummer sieben vor, die anderen die Nummer fünf.
Es ist nicht viel los hier. Ein paar Kinder fahren auf ihren Inlinern ums Haus, ein paar Kleinkinder schaufeln in einem Sandkasten, neben dem die Wäsche



---

**surnames** Familiennamen
**line-up** Aufstellung
**suggest** schlage vor
**split up** (uns) aufteilen
**places** Orte, Stellen

bunt auf den Leinen hängt. Von Marc, Nico oder Charly ist weit und breit nichts zu sehen. Vielleicht sind sie ja auf dem Bolzplatz, den man hinter einem Getreidefeld in weiter Ferne erahnen kann. Die Geräusche eines getretenen Balles dringen von dort zu uns, und aufgeregtes Geschrei.

Dennis und ich finden den Namen Brettschneider im mittleren von drei Hauseingängen. Wie es aussieht, wohnt Nico im zweiten Stock.

"What shall we do?", frage ich Dennis. "Ring the bell and ask for the rabbits?"

Er grinst und meint, dass wir erst einmal die Gegend ums Haus herum genauer inspizieren sollten.



Aber als wir unsere suchenden Blicke schweifen lassen, merken Dennis und ich schnell, dass es hier nicht viel zu inspizieren gibt. Die Wohnanlage ist übersichtlich und sehr ordentlich. Große Rasenflächen mit ein paar Sandkästen, Wäschespinnen und ein paar jungen Bäumen, zwei, drei Bänke und das war's auch schon. Kein Schuppen, in dem man vielleicht entführte Kaninchen unterbringen könnte. Kein Busch, hinter dem man einen Kaninchenkäfig verstecken könnte.

Das andere Team hat die gleichen Erfahrungen gemacht.

"Charly lives in the last entrance, **ground floor**",

---

**ground floor** Erdgeschoss

sagt Mehmet, als wir zu ihnen stoßen. "But there's no **trace** of any rabbits. Not behind the bushes, not behind the trees. They may be hidden, though, in the attic or in the cellar or in the flat **itself**. What shall we do?"

"We should be looking for Marc's house", sagt Lisa. "Number seven is the last big **block** here. Further down the street there are only **detached houses**."

"And they have gardens **teeming with rabbits**", sagt Mehmet.

Die Nummer vierundzwanzig ist tatsächlich eines dieser Einfamilienhäuser. Eine dichte Hecke schirmt die Gartenwelt undurchlässig gegen störende Blicke ab. Von der Straße aus können wir unmöglich erkennen, ob hier Kaninchen gefangen gehalten werden oder nicht. Es ist der ideale Augenblick für einen typischen Mehmet-Kommentar. Keiner von uns ist dann auch ernsthaft überrascht, als er sagt: "We have to ring the bell to **get into** the garden. We'll say that we're **animal catchers** from the **circus**, and that



---

**trace** Spur
**itself** selbst
**block** Wohnblock
**detached houses** Einfamilienhäuser
**teeming with rabbits** (die) von Kaninchen wimmeln
**get into** reinkommen in
**animal catchers** Tierfänger
**circus** Zirkus

some very dangerous rabbits have **escaped**. We're hoping to find them in this **area** if people will **allow** us to inspect their gardens."

"Great idea, Mehmet!", sagt Dennis. "If Marc opens the door, he'll definitely help us search. Then he'll ask for a **free ticket** to the circus and say that we look **similar** to the players in the team he played against on Sunday."

"I suggest we walk around the housing estate to the back of the houses", sage ich. "That's where the field starts. We'll probably have a good **view** into the gardens from there."

"Okay, let's go", sagt Tom und macht sich gleich auf den Weg.



Wir folgen ihm bis ans Ende der Straße, wo sie in einen kleinen, nicht geteerten Feldweg mündet, der quer durch die Landschaft ins nächste Dorf führt.

Wir bleiben aber nicht auf diesem Weg, sondern biegen nach dem letzten Haus gleich rechts auf einen schmalen Trampelpfad, auf dem wir auf die Rückseite der Gärten gelangen können.

Das fünfte Haus in der Reihe ist das von Marc. Wir

---

**(have) escaped** (sind) entkommen
**area** Gegend
**allow** erlauben
**free ticket** Freikarte
**similar** ähnlich
**view** (Aus)sicht

haben Glück. Auf dieser Seite sind es nur ein paar Büsche und Sträucher, die unseren neugierigen Blicken im Weg sind. Dazwischen ist Platz genug, um sich einen guten Eindruck von dem Garten zu verschaffen. Wir ducken uns hinter das hohe Gras vor dem Zaun und heben vorsichtig die Köpfe.

"Does anyone see **somewhere** he could be keeping the rabbits?", frage ich.

"No", flüstert Lisa.

"I can see something!", höre ich Tom bestimmt. "There's a **summerhouse halfway up to** the **main building**. I'll have a look."

Da erhebt er sich schon und macht Anstalten über den Zaun zu klettern, als ich ihn gerade noch zurückhalten kann. "Are you crazy?", zische ich. "You can't go in now!"

"Why not?", antwortet er. "It's about my rabbits. And anyway, the house looks **deserted**. The back door is closed, the **awning** isn't out, and the windows are all **shut**. There's obviously nobody **home**.



---

**somewhere** irgendwo
**summerhouse** Gartenhaus
**halfway up to** auf halbe Strecke zu
**main building** Hauptgebäude
**deserted** verlassen
**awning** Markise
**shut** geschlossen, zu
**home** *hier:* zu Hause

But even if there is, **I don't care**. **By the time** anybody realizes I'm in the garden and comes out, I'll have had enough time to look in the summerhouse. If Marc has got my rabbits here, they have to be in that summerhouse."

Ich sehe Dennis neben mir nicken.

"**I'm afraid he does have a point**", sagt er. "**At least** then we'd know for sure that there aren't any rabbits here."

Und schon ist Tom, die Torwart-Katze, geräuschlos über den Zaun gesprungen und kauert sich für einen Augenblick auf der anderen Seite hinter einen Busch. Er wirft einen schnellen Blick zu uns zurück, reckt den Daumen in die Luft und rennt geduckt zum Gartenhäuschen. Die ersten Meter im Schutze eines anderen Busches. Dann ungeschützt über den Rasen. Wenn jetzt jemand im Haus am Fenster steht, Tom wäre sofort entdeckt. Ich merke, wie mein Herz vor Aufregung rast, und ich mache mich darauf gefasst, dass die Terrassentür aufgerissen wird oder ein Fenster und jemand empört zu schreien anfängt.

Aber nichts dergleichen.

Ich höre die Tür zum Gartenhaus gehen und sehe,



---

**I don't care.** Es ist mir egal.
**by the time** bis
**I'm afraid** ich fürchte
**he does have a point** da ist etwas dran
**at least** wenigstens

wie Tom dahinter verschwindet. Sonst bleibt alles still.

Keine Terrassentür, kein Fenster, kein Schreien.

Und schon sehe ich Tom wieder nach draußen kommen und will erleichtert aufatmen, als ich etwas sehe, was ich so gar nicht sehen will. Nämlich, dass Tom nicht die erhofften Anstalten macht, wieder zu uns zu kommen.

"**He's moving towards** the house", zische ich. "Has he gone crazy? What's he doing? He should **keep away** from there!"

Ich sehe, wie Tom sein Gesicht gegen die Terrassentür drückt und seine Hände rechts und links neben seine Augen legt.



"He's tired of life!", höre ich neben mir Mehmet stöhnen.

Jetzt endlich, nach einer Ewigkeit, löst sich Tom von der Scheibe und kommt zurück zum Gartenzaun. Zwar mit schnellen Schritten, aber trotzdem irgendwie in aller Seelenruhe.

Typisch für die Nervenstärke eines Elferkillers.

"Why did you go and look in the window?", frage ich, als er über den Zaun zu uns klettert.

"No rabbits, not in the garden, not in the living room", antwortet er.

---

**he's moving towards** er bewegt sich in Richtung
**keep away** fernbleiben

"And what if somebody had been in the living room?", fragt Lisa entgeistert.
"**Calm down**, there was nobody there."
"You're so cool!", sagt Mehmet bewundernd.
"So if Marc has got the rabbits, he's hiding them somewhere else. Not in the living room and not in the summerhouse. That's for sure", stellt Dennis fest.
Ein bisschen ratlos verlassen wir den Gartenzaun und schlendern an den Gärten zurück auf die Straße. Dennis, Lisa und Tom schieben die Räder, während Mehmet und ich vorneweg die Siedlung entlang schlendern und in die Gegend glotzen.
Ungefähr auf Höhe der Mietshäuser fünf und sieben kommt uns eine Frau mit Einkaufstüten entgegen.



Ungefähr eine Viertelstunde hat sich Mehmet beherrscht und keinen Quark mehr verzapft, aber als er die Frau sieht, platzt es schon wieder aus ihm heraus.
"Haben Sie Lowenssahn in Ihre Tüte?", fragt er doch allen Ernstes. "Für Kaninchen?"
"Mehmet!", stöhnt Lisa noch, da antwortet die Frau mit einem Lachen auf den Lippen und überaus freundlich.
"Wie kommst du denn darauf? Nein, ich habe keinen Löwenzahn. Joghurt, Milch und Butter habe ich."
"Nur so!", sagt Mehmet. "Wir suche Kaninchen.

---

**calm down** beruhige dich

Irgendwo hier jemand will Kaninchen verkaufen. Und wir sie uns möchten anschauen. Wissen Sie, wo das sein?"

Da setzt die Frau ihre Einkaufstüte ab.

"Kaninchen?", sagt sie und überlegt. "Ich weiß nichts von Kaninchen hier in den Häusern. Aber vielleicht ja in der Kleingartenkolonie. Das wohl eher. Einige der Mieter hier haben dort kleine Gärten. Dass da jemand Kaninchen hat, das ist durchaus vorstellbar!"

"Kleingartenkolonie!", wiederhole ich langsam und deutlich. "Das könnte es sein. Wo ist denn diese Kleingartenkolonie?"

"Nicht weit von hier. Die Schmidtstraße in diese Richtung, dann die erste rechts und dann die Ludwigstraße rechts. Da ist sie dann schon. Kleingartenkolonie Sonnenschein. Nicht zu übersehen."

"Wissen Sie vielleicht zufällig, ob die Familie Brettschneider oder Kaufmann dort einen Garten hat?", frage ich.

"Die Brettschneiders von Haus 5? Ja, die haben dort einen Garten!"

Bingo!

# Hinter den Gartenzwergen

"Mehmet, you're a **genius**!", sage ich und klopfe ihm anerkennend auf die Schultern.

"Really!", schwärmt auch Lisa. "I'll **never** say **another** word about your stupid jokes if it means you have fantastic ideas like that **once in a while**."

"An **allotment**!", sagt Dennis. "That's it!"

Wir schwingen uns in gewohnter Formation auf die Räder und düsen in die Kleingartenkolonie Sonnenschein. Ein gebogener Schriftzug thront über dem Eingang, vor dem wir die Räder abstellen.



Kaum haben wir die Anlage betreten, befällt mich auch schon wieder meine Aufregung und mein Herzklopfen. Natürlich ist die Gefahr auch hier groß, auf ein bekanntes Gesicht aus der Mannschaft der Roten Drachen zu treffen. Meine Blicke schweifen forschend in alle Richtungen, als wir den schmalen Gang in die Kolonie gehen. Es scheint ein riesiges Areal zu sein und ich habe keine Ahnung, wie wir die richtige Parzelle finden sollen. Die Gänge haben Buchstaben, die einzelnen Gärten Nummern. Wenn wir wüssten, wohin wir wollten, dann wäre es

---

**genius** Genie
**never** nie
**another** noch ein
**once in a while** von Zeit zu Zeit
**allotment** Schrebergarten

schon möglich, den richtigen Garten zu finden. Aber so ...
"What now?", fragt Dennis folgerichtig.
"Look, over there", sagt Lisa und deutet geradeaus auf ein Haus, das größer ist als die anderen. "That could be something **like** a **clubhouse**. Perhaps there's somebody there who can help us."
"Brilliant!", sagt Tom. "Let's have a look!"
Tatsächlich ist das Gebäude so was wie ein Vereinshaus und auch Gaststätte. Es gibt einen kleinen Biergarten und im Inneren einen größeren Saal mit Stühlen. An einer Wand hängt ein Schwarzes Brett und daneben kommt eine Tür, hinter der vielleicht ein Büro ist.
Ein älterer Mann steht vor dem Schwarzen Brett und studiert dort ein paar Mitteilungen.
"Entschuldigen Sie!", sage ich.
Der Mann dreht sich um und sieht uns über seine Lesebrille hinweg an.
"Ja?", fragt er.
"Kennen Sie sich hier in der Kleingartenkolonie aus?"
Der Mann nickt und sagt:
"Ja, kann man so sagen. Ich bin schon lange dabei. Was gibt es denn?"



---

**like** wie
**clubhouse** Vereinshaus

“Wir suchen eine Parzelle!”, sage ich. “Die von Brettschneider. Kennen Sie die zufällig?”
“Die Parzelle von Brettschneiders? Ja, die kenne ich”, sagt der Mann und wird nachdenklich. “Sie ist im vierten Seitenweg, da bin ich mir ziemlich sicher. Aber die Nummer?”
Er kratzt sich am Kinn und macht ein zweifelndes Gesicht.
“Hm! Auf die Nummer komme ich nicht. Aber ihr könnt die Parzelle nicht verfehlen. Es ist die mit einem zurückgesetzten Holzhaus und einem großen Apfelbaum davor. In der Parzelle rechts davon wimmelt es von Gartenzwergen. Das Ganze ungefähr in der Mitte vom vierten Seitenweg rechts. Ihr könnt sie nicht verfehlen.”
“Danke schön!”, sage ich und als wir wieder nach draußen gehen, erzähle ich meinen Freunden, was der Mann gesagt hat. Wir gehen den Hauptweg entlang, von dem zu beiden Seiten kleinere Wege abzweigen. Beim vierten Seitenweg biegen wir nach rechts ab und halten nach den Gartenzwergen Ausschau. Zu beiden Seiten liegen die verschiedensten Kleingärten. Mal schmücken sie viele Blumen, dann wieder nur Sträucher mit Beeren. In einem anderen wachsen Obstbäume und wieder in einem anderen ist fast nur Wiese. In manchen der Kleingärten arbeiten die Besitzer gebückt über ihren Beeten oder sitzen in ihren Lauben bei Kaffee und Kuchen.

Ein paar Gartenzwerge haben wir auch schon zu Gesicht bekommen, aber nur vereinzelt. Als uns eine Großfamilie von diesen merkwürdigen Geschöpfen anlacht, verlangsamen wir augenblicklich unsere Schritte und schielen gleichzeitig mit langen Hälsen in den benachbarten Brettschneider-Garten.

Und tatsächlich entdecken wir durch die Zweige eines Himbeerstrauches die Umrisse eines Tierkäfigs. Unsere Herzen bleiben vor Aufregung fast stehen.

“A hutch ... there's a hutch over there”, flüstert Lisa atemlos.

Wir spähen weiter durch den Strauch, als wir im Inneren des Häuschens Stimmen hören. Wie aus einem Instinkt heraus schwinge ich mich blitzschnell über den Zaun und ducke mich hinter eine Gruppe von Gartenzwergen. Die anderen folgen mir, liegen Sekunden später hinter Büschen oder anderen Zwergen in der benachbarten Parzelle auf der Lauer. Und ich sehe wie Marc aus der Hütte kommt, gefolgt von Nico und Charly. Sie stellen sich vor den Tierkäfig neben dem Häuschen, öffnen das Gatter und schließen es wieder. Was genau sie da machen, ist von meinem Platz aus nicht zu sehen. Dann murmeln sie unverständliches Zeug. Lachen.

Mein Herz rast mal wieder. Was, wenn sie uns hier entdecken? Was, wenn die Gartenzwergbesitzer aufkreuzen und uns aus ihrem Garten scheuchen? Das alles wäre voll peinlich.

Ich tausche mit Mehmet neben mir bedeutungsvolle Blicke, als ich Nico höre und erleichtert aufatme.
“Kommt! Verschwinden wir wieder!”, sagt er. “Gehen wir auf den Bolzplatz!”
“Gute Idee!”, höre ich Marc antworten, und wir beobachten gebannt, wie die drei sich auf den Weg machen.
Als sie außer Hör- und Sichtweite sind, wagen wir uns aus unserem Versteck.
“Did you see?”, flüstert Lisa. “They just fed the rabbits. We have to call the police.”
“Let’s wait with the police”, sagt Mehmet und richtet sich auf.



Um in die Brettschneider-Parzelle zu gelangen, brauchen wir nur durch ein paar Büsche hindurchkriechen. Kein Zaun trennt die beiden Grundstücke. Als wir dann wenig später vor dem Tierkäfig stehen, staunen wir nicht schlecht. Meerschweinchen.
“They look strange, these rabbits”, sagt Dennis.
“They look more like **guinea pigs**”, bemerkt Lisa.
“Is it possible that your rabbits look like guinea pigs?”, frage ich Tom.
“Tom, are you sure it was rabbits you lost and not guinea pigs?”, fragt Mehmet.
Tom steht noch immer da wie vom Donner gerührt. Er muss ein paarmal schlucken, bevor er auch nur

---

**guinea pigs** Meerschweinchen

einen Ton rausbringt. Schließlich krächzt er: "These aren't my rabbits. They're normal guinea pigs."
"Right!", sagt Lisa. "But **let's keep looking**. Someone who owns guinea pigs can easily hide rabbits."
Wir inspizieren das Grundstück, schauen hinter jeden Strauch, hinter das Häuschen. Kleben die Gesichter an die Fensterscheibe.
Aber keine Kaninchen.
"No rabbits!", sagt Mehmet. "Perhaps Marc's turned Tom's rabbits into guinea pigs so nobody will find them and **convict** him of kidnapping them."
Wäre ja auch ein Wunder gewesen, wenn Mehmet keinen dummen Kommentar von sich gegeben hätte.
"Damn!", grummelt Dennis. "I was so sure we'd **hit the jackpot** with the allotment. What shall we do now?"
Ratlos schlendern wir Richtung Ausgang. Als wir bei den Rädern ankommen, meint Mehmet folgerichtig: "**There's nothing for it**: we have to **go back to square one**."
"Shit!", zischt Tom und lässt den Kopf hängen.
"Don't worry. We'll find your rabbits", versuche ich ihn zu trösten. "That's for sure."

---

**Let's keep looking.** Suchen wir weiter.
**convict** überführen
**(had) hit the jackpot** (hatten) das große Los gezogen
**There's nothing for it.** Es bleibt uns nicht anderes übrig.
**go back to square one** wieder von vorne anfangen

# Der Fall ist eine Baustelle

Ermittler Mehmet kommt am nächsten Nachmittag bei mir vorbei, den Ball unterm Arm.
“Let’s **kick** about **a bit** in the street”, sagt er. “I get my best ideas when I’m playing football.”
“Okay!”, sage ich und ziehe die Tür hinter mir ins Schloss.
Zwei, drei Mal spielen wir uns den Ball zu, dann nimmt Mehmet ihn wieder unter den Arm und sagt, dass das ja eine schöne Pleite war mit der Kleingartenkolonie.
“You’re right”, sage ich. “What do you think? Could it be that we were just too sure?”
“Perhaps!”, sagt Mehmet.
Wieder ein paar Bälle später schlage ich vor, bei Tom vorbeizuschauen. Um ihm Mut zu machen. Und vielleicht würden wir auf Hinweise stoßen, die uns in Sachen Kaninchen auf neue Ideen brachten.
“Yes, why not?”, sagt Mehmet und klemmt den Ball auf seinen Gepäckträger.

Tom bläst mal wieder auf seinem Zimmer Trübsal. Inzwischen haben auch seine Eltern bemerkt, dass die Kaninchen verschwunden sind. Und da Tom



---

**kick** kicken
**a bit** ein bisschen

nicht mit der Wahrheit rausrückt, war es ihrer Ansicht nach ein Fuchs oder Marder, der geräubert hatte.
"Just **imagine**!", sagt seine Mutter, als sie uns hereinbittet. "All three of them have disappeared. Poor Tom has had a **terrible run of bad luck**. First this **awful** football match and now his rabbits. How nice of you to come. Perhaps you can cheer him up a little."
Mehmet und ich stehen noch an der Tür, als hinter uns auf der Straße ein Wagen hält.
"Mrs Maddox!", hören wir eine Männerstimme. Wir drehen uns um und sehen einen Mann in den Vorgarten kommen. Er spielt mit seinem Autoschlüssel, als er neben uns stehen bleibt und zu Toms Mutter sagt: "Is your husband at home?"
"I'm afraid not. He's at the **building site**. Do you want to **leave** a **message** for him?"
"No, thank you", sagt der Mann. "I'll call him on his mobile. **I was just passing**, so I thought I'd **stop by**. It's not that important. **See you.**"



---

**imagine** stellt euch vor
**terrible** furchtbar
**run of bad luck** Pechsträhne
**awful** schrecklich
**building site** Baustelle
**leave** (hinter)lassen
**message** Nachricht
**I was just passing** ich war in der Nähe
**stop by** vorbeischauen
**See you** Tschüs; Wir sehen uns

"**Goodbye**", sagt Toms Mutter.
Mehmet und ich gehen zu Tom nach oben. Er liegt auf seinem Bett und starrt an die Zimmerdecke.
"Why don't you come and kick the ball about a bit with us?", frage ich und klopfe ihm aufmunternd auf den Oberschenkel.
Immerhin lässt Tom sich dazu überreden und wir landen auf der Straße. Während wir uns mehr oder weniger lustlos den Ball zuspielen, fällt mir wieder der Mann ein, der vorhin mit Toms Mutter gesprochen hat. Wenn ich es recht bedenke, ist er mir seit vorhin gar nicht mehr aus dem Sinn gegangen. Ir-

**Goodbye.** Auf Wiedersehen.

gendwoher glaube ich ihn zu kennen. Ihn schon mal gesehen zu haben. Aber ich kann mich nicht erinnern, wann und wo.
Wir merken schnell, dass das mit dem Ballspielen heute nichts ist. Wenig später landen wir mal wieder auf der Terrasse und schauen auf das leere Kaninchengehege.
"You could steal the guinea pigs and put them in the cage. Then you've at least got guinea pigs. **What about that**, Tom?"
Unterm Tisch lasse ich Mehmet meinen Fuß an seinem Schienbein spüren. Mit einem vielsagenden Blick gebe ich ihm zu verstehen, dass er mit seinen Scherzen nicht immer richtigliegt.
Er kapiert, zieht die Augenbrauen nach oben und schweigt.
"It's a difficult time!", sage ich.
"Why are we still thinking about the rabbits?", platzt es da aus Tom heraus. "They're sure to have been killed and **eaten** already. I let those goals in for nothing. I've lost everything. My reputation as a goalie and my whole career are **ruined**, and my rabbits are gone too."
"Hey!", mache ich und klopfe ihm mal wieder auf



---

**What about that?** Wie wär's damit?
**eaten** gegessen
**ruined** ruiniert

die Schulter. “Don’t be **down in the mouth**. We’ll find your rabbits. I just know it.”
Da hören wir die Haustür gehen und wenige Augenblicke später steht Toms Vater auf der Terrasse. Er arbeitet für ein großes Architekturbüro in der Stadt und ist viel auf Baustellen unterwegs.
“Hi, guys!”, grüßt er gut gelaunt. “Have you already heard? The rabbits are gone. All three of them. I really don’t get it. I just can’t believe that it was a fox or a marten. It would have to have been a very **sly** and very hungry animal to get them all **at once**.”
“Did Mr Lachner **reach** you?”, fragt da Toms Mutter, die hinter ihrem Mann auf die Terrasse getreten ist. “He stopped by and wanted to talk to you.”
“Yes”, sagt Toms Vater. “He got me on the mobile.” Er schüttelt den Kopf und grinst amüsiert. “A strange man, that Mr Lachner. He’s having a big **fight** with his neighbour because of a tree he wants to **cut down**. You probably know his neighbour”, sagt er zu uns. “It’s Mr Reitmeier, Oliver’s father. Oliver from your team.”



**down in the mouth** deprimiert
**sly** listig
**at once** auf einmal
**(did he) reach** (hat er) erreicht
**fight** Streit; Kampf
**cut down** fällen

"Oh yes!", sagt Mehmet. "Olli's one of our **midfielders**."
"And Mr Lachner", fährt Toms Vater fort, "is the father of one of the Red Dragon boys."
"Right!", entfährt es mir. "I saw him at the tournament. I knew I **recognized** him."
"That's right", stimmt mir Toms Vater zu. "He watched the final. And **guess what?** He and Mr Reitmeier couldn't reach an **agreement** about the tree. First Mr Reitmeier told him that it was okay for him to cut it down, then later he **changed his mind** and the **argument** started **all over again**. Lachner insists that he has the right to cut down the tree because it's **partly** on his **property**. But the tree is actually right on the **border** of both their gardens. And this is the really funny part: they **made a bet** on the **outcome** of the final of your tournament. If



---

**midfielders** Mittelfeldspieler
**recognized** habe erkannt
**Guess what?** Rate mal!
**agreement** Übereinkunft
**changed his mind** hat seine Meinung geändert
**argument** Streit
**all over again** von Neuem
**partly** zum Teil
**property** Besitz
**border** Grenze
**made a bet** haben gewettet
**outcome** Ergebnis

the White Tigers had won, the tree would have been safe. But because the Red Dragons won, Reitmeier will have to let Lachner cut it down."

Erst kapiere ich nicht, was ich da höre. Doch dann, es braucht nur Sekunden, platzt es aus mir heraus.

"What!", rufe ich. "That's what they **agreed** on?"

Mein Blick fliegt zu Mehmet und Tom.

"And the tree, has it already been cut down?", will Mehmet wissen.

"**Not yet**. Mr Lachner asked me if I **knew** a **company** that can do the job well and cheaply. But isn't it **hilarious** the way these two men are behaving?"

"Like small children", pflichtet ihm seine Frau bei.



"One question", sagt Mehmet, der offenbar den gleichen Verdacht hat wie ich. "Did Mr Lachner come and visit you here at your house? And did he sit on the patio looking out over your garden? Did he see the **lawn**, the **flower beds**, Tom's rabbits ... ?"

"Sure!", sagt Toms Vater. "We sat here **a few times** talking about his house. Why do you ask?"

---

**agreed** haben sich geeinigt
**not yet** noch nicht
**knew** *hier:* kannte
**company** Firma
**hilarious** total lustig
**lawn** Rasen
**flower beds** Blumenbeete
**a few times** ein paar Mal

"Oh, no **particular reason**", sagt Mehmet und nickt mir zu.
Wir haben eine neue heiße Spur.
Als Toms Eltern von der Terrasse ins Haus verschwinden und sich bei Tom nichts tut, ganz im Gegensatz zu Mehmet und mir, die wir uns nicht mehr auf den Stühlen halten können und wie die aufgescheuchten Hühner neben dem Kaninchengehege auf und ab wandern, sagt Mehmet: "That's it!"
"That would **make perfect sense**", stimme ich ihm zu.
Tom guckt uns mit trübem Blick hinterher und fragt: "What are you talking about?"
Mehmet bleibt stehen und richtet seine aufgerissenen Augen auf Tom. "Don't tell me you didn't get it!", sagt er mit allem Nachdruck.
Als Tom stumm den Kopf schüttelt, erzähle ich ihm von unserem Verdacht, dass Herr Lachner hinter der Kaninchenentführung stecken könnte. Dass er ein Motiv hat. Und dass wir diesem Verdacht nachgehen müssen.
"Lachner?", staunt Tom nur. "I can't believe it."
Er glaubt es zwar nicht, wagt sich aber doch an die Unterlagen seines Vaters, um Lachners Adresse ausfindig zu machen.



---

**particular** besonderer
**reason** Grund
**make perfect sense** absolut Sinn machen

# Lachner hat nichts zu lachen

Wieder bewegen wir uns durch Waindling. In gleicher Formation, die gleichen Teams auf den gleichen Fahrrädern. Nur die Gegend ist eine andere, so ganz und gar ungeeignet, um gekidnappte Kaninchen zu verstecken. Die Lachners wohnen in einem Mietshaus mitten im Ort, kein Grün, kein Garten. Eine dicke Eingangstür, die normalerweise sicher verschlossen ist. Jetzt aber nicht. Sie steht einladend weit offen und wir treten in den Hausflur.

Geradeaus führt eine Treppe in die oberen Stockwerke. Etwas rechts geht die Treppe in den Keller. Wenn Herr Lachner gekidnappte Kaninchen versteckt, dann sicher im Keller, denkt jeder von uns. Nicht in der Wohnung. Seine gesamte Familie wäre dann Mitwisser. Und eine ganze Familie, die ein Fußballspiel manipuliert, das können wir uns nicht vorstellen. Durch eine Stahltür gelangen wir in einen Kellerflur, von dem zu beiden Seiten die Holzverschläge abgehen. Es gibt hier zehn Verschläge und keiner dieser Verschläge birgt ein Geheimnis, auch keine Kaninchen. Kartons, Kisten, alte Möbel, Fahrräder, Kleider. Der normale Kram, den man im Keller verstaut. Weit und breit kein Lebewesen.



"There's nothing here", flüstert Dennis.

"The building site!", entfährt es Tom. "My father's

building a house for the Lachners. A building site like that is the ideal place to hide something."

"Bingo!" Dennis schnippt mit den Fingern. "That's it. Where is this building site, Tom?"

"It's a **development area**", sagt Tom. "I was there with my dad once. If we can get close to it I can find the **site** of the Lachners' house. But I have no idea how to **get** there from here."

"A development area?", wiederholt Dennis nachdenklich. "The only one around here is close to the **sports ground**. They're building quite a lot there."

"Okay, let's **cycle** over there", sagt Lisa. "Come on, let's go!" 

Im Nu sind wir wieder auf den Rädern und Minuten später fahren wir auch schon am Sportplatz vorbei, hinter dem sich einige Baukräne erheben und viele Häuser aus der Erde wachsen.

"Now I remember", sagt Tom. "Down the street back there. It must be the second or third site **on the left**."

Wieder spüre ich diese Aufregung in mir. Mein Herz

---

**development area** Neubaugebiet
**site** Bauplatz
**get** *hier:* gelangen
**sports ground** Sportplatz
**cycle** radeln
**on the left** auf der linken Seite

beginnt erneut zu rasen, meine Hände werden feucht, ein Kribbeln fährt durch meinen Magen.
Wir biegen in die Straße ein und Tom führt uns zur Baustelle.
"That's it", sagt er und zeigt auf ein Haus im Rohbau. Unverputzte Ziegelwände mit einem Dach drüber, glaslose Fenster. Um den Rohbau eine große lehmige Fläche, die einmal der Garten sein wird.
Am Straßenrand die üblichen Schilder. Eine Bautafel mit dem Namen der Firma, die das Haus errichtet, und daneben das Betreten-Verboten-Schild.
Echte Ermittler lassen sich von so einem Schild aber nicht abhalten. Es ist später Nachmittag, kein Bauarbeiter in Sicht, auch kein Herr Lachner. Die Baustelle ist verwaist.

Mit schnellen Blicken in alle Richtungen vergewissern wir uns, dass wir nicht beobachtet werden, dann gehen wir über zwei dicke Bohlen ins Hausinnere, wo uns eine kühle Betonwolke empfängt. Überall wachsen Kabel aus dem Boden, kleine Löcher im Boden, vielleicht für Heizungsrohre, große Löcher in den Wänden, wo einmal die Türen eingebaut werden sollen.
"Careful! Don't hurt yourselves", sagt Mehmet.
"Don't worry", entgegne ich.
Wir gehen durchs Erdgeschoss, klettern über eine wackelige Bautreppe in den Keller und dann in den ersten Stock. Nirgends ein Käfig mit Kaninchen.

"Negative!", flüstert Lisa.
"Let's have a look outside", schlage ich vor. "There's a **builders' caravan** behind the house. Perhaps we'll find something there."
Aber wir finden nichts. Nichts unterm Bauwagen, nichts hinterm Bauwagen und auch nichts im Bauwagen. Hinein können wir sowieso nicht, aber ein Blick durch eines der Fenster zeigt uns, dass auch dort keine Kaninchen sind.
"These rabbits are starting **to piss me off**!", schimpft Mehmet. "They have to be somewhere."
"I have to **pee**", sagt Dennis.
"**No need** to be **shy**", sage ich.
"Where can I go?", fragt Dennis Tom. "Where does your father pee when he's at the construction site?"
"**I haven't the faintest idea**", sagt Tom. "The **construction workers** use the **Portaloo** over there. But they **lock** it when they leave the site."



---

**builders' caravan** Bauwagen
**to piss me off** mir auf die Nerven (zu) gehen
**pee** pinkeln
**no need** du brauchst nicht
**shy** schüchtern
**I haven't the faintest idea.** Ich habe nicht die geringste Ahnung.
**construction workers** Bauarbeiter
**Portaloo** Dixiklo
**lock** schließen ab

“Oh, **don’t be such a prude**, Dennis!”, zieht Mehmet ihn auf. “Just pee behind the bushes.”

“If there’s **nowhere else** to go …”

Während Lisa, Tom, Mehmet und ich mehr oder weniger ratlos beim Bauwagen bleiben, stapft Dennis über gelagerte Bohlen, Drahtrollen und anderes Baumaterial zu den Büschen am Rand des Grundstücks. Ich sehe ihm nach. Dabei fällt mein Blick auf die große Trauerweide, die direkt an der Grenze zum Nachbargrundstück steht. Das Streitobjekt, denke ich schmunzelnd.

Noch steht der Baum.

Dennis verschwindet hinter den Büschen und wir hätten uns sicher nicht um ihn gekümmert, wenn er nicht plötzlich aufgeschrieen hätte. Geschrieen ist dabei vielleicht das falsche Wort, es ist eher ein verhaltener Ausruf des Erstaunens. Mit gedämpfter Stimme.



“What happened to him?”, sagt Tom.

“He probably just **broke** the **world peeing record**”, meint Mehmet.

“Get over here!”, hören wir Dennis. “**Quick**!”

---

**Don’t be such a prude.** Sei nicht so prüde.
**nowhere else** sonst nirgendwo
**broke** hat gebrochen
**world peeing record** Weltrekord im Weitpinkeln
**quick** schnell

Blitzschnell sind wir bei den Büschen, drücken die dicken Zweige zur Seite und stehen neben Dennis. Und vor einer Kiste mit einem Drahtgitterdeckel. Und in dieser Kiste sehen wir drei Kaninchen.
Ein beinahe todsicheres Versteck, an allen Seiten durch dichte Büsche geschützt. Kein Mensch ahnt hier was von Kaninchen.
"My rabbits!", flüstert Tom mit bewegter Stimme. "It's them. Let me through, I have to see how they are."
Tom hebt den Deckel und holt das erstbeste Kaninchen nach draußen, drückt es an seine Brust, streichelt es und grummelt liebkosende Worte.
"How sweet", seufzt Lisa.
"We were right!", entfährt es Mehmet.
"Didn't I tell you we'd find your rabbits, Tom?", sage ich.
Dennis macht einen Schritt vor und schaut in die Kiste. "Tom!", sagt er. "Do you have the blackmail letter with you?"
"Yes."
"Give it to me. I'll take the letter to the police and explain everything to them. You'd better all stay here with the rabbits and make sure that Lachner doesn't take them away at the last minute. Okay?
"Okay!", sage ich. "**Hurry up**."

---

**Hurry up.** Beeil dich.

Tom greift in seine Gesäßtasche, zieht den Brief heraus. Dennis nimmt ihn und verschwindet zu seinem Rad.
Ungefähr zehn Minuten später hören wir ein Auto vor dem Haus anhalten. Türen schlagen.
“That was quick”, sagt Mehmet und will schon den Polizisten entgegengehen, als ihm der Schreck in die Glieder fährt und er sich wieder in den Schutz der Büsche duckt. “Who's that?”, flüstert er.
“Damn! It's Lachner!”, flüstere ich, als ich den Mann erkenne, der gestern bei Tom vor der Haustür stand.
“What shall we do now?”, fragt Lisa.
“You can do what you like, but I'm staying with my rabbits”, sagt Tom. “I won't **abandon** them!”
Zu unserem Glück verschwindet Herr Lachner in seinem Rohbau. Wir hören seine Schritte durchs Haus hallen. Durch die Büsche hindurch sehe ich ihn an zwei Fenstern vorbeigehen.
Er hustet, verschiebt eine Leiter, hustet wieder, geht die Treppe nach unten.
Und dann ...
Mist!
Er kommt aus dem Haus, geht in den Garten und hält direkt auf uns zu.
“He's coming!”, flüstere ich. “We have to hide. Tom, put the rabbit back in the hutch.”



---

**abandon** im Stich lassen

Blitzschnell steckt Tom das Kaninchen wieder in die Kiste und kommt zu Mehmet, Lisa und mir, die wir uns hinter dem letzten Busch verkrochen haben. Hinter uns ist nur noch der Zaun zum Nachbargrundstück.
Lachners Schritte kommen näher. Durch einen Busch hindurch kann ich sehen, wie er einen großen Schritt ins Versteck macht und sich vor die Kiste stellt. Er bückt sich, greift nach einem Büschel Löwenzahn und steckt das Grün in das Drahtgitter. Immerhin, er kümmert sich um die Tiere.
Wir hinter dem Busch geben keinen Mucks von uns. Rühren uns nicht, atmen kaum.
Da hören wir wieder ein Auto auf der Straße halten und wenig später aufgeregte Stimmen, die sich nähern. Ich erkenne die Stimme von Dennis.
"Verdammt!", zischt Lachner. "Wo kommen die denn her?"
Ich sehe deutlich, dass Lachner nicht weiß, wohin. Im ersten Augenblick will er raus aus dem Versteck, als er aber sieht, dass Dennis die Polizisten direkt zu den Büschen führt, bekommt er es wohl doch mit der Angst. Er entschließt sich für den Rückzug.
Mir rutscht vor Schreck das Herz in die Hose, als er einen großen Ast zur Seite drückt und plötzlich vor und über uns steht.
"Was habt ihr hier zu suchen?", fragt er forsch, nachdem er sich vom ersten Schrecken erholt hat.

"You kidnapped my rabbits!", sagt Tom anklagend und steht langsam auf.
"We **found you out**. You can't **deny** it!", sagt Mehmet in ernstem Ton. Er ist jetzt wieder cooler Ermittler. Er löst sich aus der Hocke, steht auf und sieht dem Lachner unerschrocken in die Augen.
Lisa und ich rappeln uns auch auf, und zugegeben, für Sekunden hatte ich ein Bild vor Augen, das ich aus Filmen kenne: Lachner stürzt mit Panik in den Augen davon. Über den Zaun ins Nachbargrundstück auf wilder Flucht vor der Polizei.
Aber Irrtum.
Lachner bleibt ganz ruhig und wartet ab, bis Dennis und die Polizisten zur Kiste mit den Kaninchen stoßen.
"Oh, die Polizei", sagt er. "Das trifft sich hervorragend. Stellen Sie sich bloß vor …"
Und er fängt an zu quasseln. Von Kindern, die sich unerlaubterweise auf seinem Grundstück herumtreiben, von Kaninchen, die er zufällig auf seinem Grund und Boden gefunden hat, wie man ihm einen Diebstahl unterjubeln will und und und …
Aber es trifft sich nicht gut für ihn.
Denn die Polizisten glauben ihm kein Wort. Sie brauchen Fakten und Beweise. Und die sind auf unserer Seite.



---

**found you out** haben Sie ertappt
**deny** leugnen

Am folgenden Wochenende stehen sich die Roten Drachen und die Weißen Tiger auf dem Sportplatz zum Wiederholungsspiel gegenüber.
Was ist passiert?
Nun, der Lachner hat erstmal alle Anschuldigungen weit von sich gewiesen. Er versuchte noch eine ganze Weile, die Polizisten davon zu überzeugen, dass er die Kaninchen gerade erst entdeckt hatte und selber schon zur Polizei gehen wollte.
Aber damit kam er nicht durch. Die Anschuldigungen und Beweise waren zu stark. Dummerweise lag in seinem Papierkorb zu Hause noch ein Ausdruck des Erpresserbriefes. Und Herr Reitmeier bestätigte das mit der Wette.
Lachner war überführt.
Ja, und dann hat er gestanden und von einem Streich gesprochen, der doch nicht so schlimm sei.
Jedenfalls, egal, ob und wie Lachner bestraft wird, wir haben unser Wiederholungsspiel und Dennis und Mehmet stehen am Anstoß.
Wenig später ist das Spiel in vollem Gange.
Mehmet schießt ein frühes Tor.
Und Tom hält alles, was aufs Tor fliegt.
Alles!
Denn Tom ist der Beste.

Der Fotograf und Kinderbuchautor Bernhard Hagemann erblickte 1956 in Bad Reichenhall das Licht der Welt und ist im Chiemgau aufgewachsen. Seit seinem 13. Lebensjahr befindet sich zwischen ihm und dem Licht der Welt ein Fotoapparat. Nach seinem Zivildienst machte er seine Leidenschaft für Fotografie zum Beruf. 1992 wurde seine erste Geschichte in einer Anthologie veröffentlicht. Seitdem geht er zwei Berufen nach: Neben dem Fotografieren schreibt er Kinder- und Jugendbücher. Er lebt in München und liebt das Kino, die amerikanische Literatur und reist gerne nach Italien. Mehr über Bernhard Hagemann unter www.bernhardhagemann.de